2
月夜涙
Author Tsukiyo Rui
あゆま紗由
Illust Ayuma Sayu
英雄教室の超越魔術士
～現代魔術を極めし者、転生し天使を従える～

【瞬閃：壱ノ型・光】
魔術と武術の融合、
故に届いた神速・超効率の一撃。
俺の剣閃は光となり、
キラルの目の前を通り過ぎ、
そのあとに風が巻き起こり、
キラルの髪が舞う。
「何、今の、速さ、
それに、
なんてきれい……」

ファル
ユウマ

オスカ
キラル

「ようやく助けを求めたな」

「……恥ずかしいです。

私は一人でやるつもりだったのに」

「がんばってくれた。

おかげでいろいろと見えたよ。

二人で勝とう」

「それじゃ、駄目なんです。それじゃ」

「安心した」

「安心したって、なんでですかっ、
あんな強い魔族がいて、
私は兄さんを裏切ってて、
なんで、安心なんですか」

ファルは泣きそうな声で問いかけてくる。
「こうして抱きしめてわかった。
ファルは俺のことがまだ好きみたいだ。
なら、いいさ、そういう細かいことは」

イノリ
ユウマのことが大好きな義姉。
前世においては世界歴代一位の魔力量を誇り、
それを完全に使いこなせる本物の天才。
二つ名は『破壊天使』。
ユウマに会うために天使になり、
召喚される。

英雄教室の超越魔術士
～現代魔術を極めし者、転生し天使を従える～2

月夜 涙

MF文庫J

口絵・本文イラスト●あゆま紗由

プロローグ：英雄の帰還

初めての魔界遠征が終わり、ようやく学園まで戻ってきた。

周囲を見渡すとクラスメイトが整列し、壇上に立つ教官に向かい敬礼している。

しかし、みんな疲れ果てて、覇気にかける。

初めての遠征で心身ともに負担が大きく、骨を休めるはずだった前線基地で魔族の襲撃を受けたのだから無理もない。

教官が挨拶を終え、解散と告げる。

皆の表情が緩み、多くの者が座り込んで雑談を始めた。

みんなエリート然とした仮面を外し、歳相応《としそうおう》の態度に戻り、無事に帰ってこられたことを喜びあう。

「私たち、すっごい注目を浴びてましたね」

ファルが呟《つぶや》く。

他のクラスメイトたちとは違い、ファルには随分余裕があるようだ。鍛え方が違う。

彼女は俺の義妹《いもうと》であり、金髪の可愛《かわい》らしい美少女だ。髪も顔立ちも柔らかく、見ているだけでほっとした気持ちにさせてくれる。

そんな見た目とは裏腹に規格外の魔力量を持ち、前世では魔導教授とまで呼ばれた俺の技術を余さず吸収した傑物。

おそらくこの国で五本の指に入るほどの実力者になっている。

「魔界でやらかしたのが、だいぶ噂《うわさ》になっているようだな」

学園は王都にあり、学園に戻ってくる際には王都の大通りを通る必要があるのだが、大騒ぎになった。遠巻きに俺たちを眺め、ギャラリーは時間が経《た》てば経つほど増えていった。

耳がいい俺は民衆の会話を聞き取っている。

噂の内容は三つ。

一．英雄フライハルト侯爵が殺された

二．英雄を殺した魔族を学生が討ち取った

三．天使が降臨した。

民衆は、俺たちの中に新たな英雄がいると思い、一目見ようと集まっていたのだ。

面倒なことに魔族を殺したのも、天使を降臨させたのも俺であり、当事者だ。

(ちゃんと英雄と魔族が相打ちになったと報告したはずなんだが)

あまり目立つといろいろと動きにくくなる。

だから、魔族殺しの成果なんて必要ないと考えていた。

また、フライハルト侯爵が魔族になってしまったことも伏せてある。

英雄であり続けるために、魔族の手駒になってしまったフライハルト侯爵に同情したわけじゃない。

英雄という偶像が民衆にとっては希望だ。それを奪うことはしたくない。

また、英雄という概念そのものを貶《おとし》めてしまえば、新たな英雄が生まれることもなくなる。

ならばこそ、俺は英雄フライハルト侯爵と魔族が相打ちになったという報告をしたのだ。

俺の背中から翼が生えてはためき、絶世の美女が現れると後ろから抱きしめてきて、耳元でささやく。

「これだけの騒ぎになったら、絶対に放っておいてもらえないよね。ユウマちゃんが大出世しちゃう。お姉《ねえ》ちゃんも鼻が高いよ」

彼女は天使にして義姉《あね》、今は俺の召喚獣でもあるイノリだ。

銀色の髪が輝くようで、天使としてふさわしい美しさ……いや、それ以上に美しい。

だが、俺は知っている。人間だった頃から姉さんは今ぐらい綺麗《きれい》だった。

「私も兄さんが、有名になるのはいいことだと思います。兄さんみたいなすごい人はもっと崇《あが》められるべきです！」

「有名人になるのはメリットも多いが、デメリットも多いんだよ」

この国ではデメリット側のほうが多いというのもまた事実。

「えー、私、前の世界じゃ有名人だったけど苦労した覚えはないよ。いいじゃん、英雄になっちゃいなよ」

超天才である姉《ねえ》さんだからこそ、周囲のノイズが気にならなかっただけだ。

「英雄になるのはごめんだ。希望を見せるってのは口にするのは簡単だが、相応の演出と努力がいる。どれだけのイベントに引きずりだされるか……時間がいくらあっても足りない」

丁重にお断りしたいが、おそらく逃げられないだろう。

英雄が死に、その仇《かたき》を取った。つまり、前の英雄よりも強い英雄が現れたと思われている。しかも、それが若い学生ともなれば話題性は十分。

それが嫌で嘘《うそ》の報告をしたというのに。

……もしかしたら、報告を受けた上層部が新しい偶像を作り上げるために、俺のした報告を握りつぶし、お膳立てを整えたのかもしれない。

その結果、真実に近くなっているのだから皮肉だ。

「英雄フライハルト侯爵はいろんなパーティに引っ張りだこだったって聞いたことがあります」

「そういう営業回りが死ぬほど嫌いなんだよ。それ以上に厄介なのは貴族社会の本質が足の引っ張りあいだってことだ。既得権益《きとくけんえき》がある一定以上大きな社会だと、その領分を侵す者を徒党を組んで排除しようとする。……今回も必ずそうなる」

この国の貴族たちは悪い意味で、実に貴族らしい。

私腹を肥やすことに夢中で、出世欲に塗《まみ》れ、人一番利権にうるさい。

「貴族社会ってそういうのありますよね……あの人もそういうので頭いっぱいでした。すぐに、権力目当てであの女と再婚したし、ご機嫌を取るために娘を見殺しにして、捨てました」

そう吐き捨てたファルの目はとても冷たい。いつもにこにことしているファルのそういう表情を見たのは初めてだ。

あの人、あの女というのはファルを捨てた両親のことを言っているのだろう。

ファルは貴族の生まれながら、後妻に売られてレオニール伯爵の研究所にやってきた。

初めて会ったときはトラウマからひどい人間不信になっていた。

「大変だったんだな」

「でも、今となっては感謝しています。あの人たちが捨ててくれたおかげで、兄さんに会えたので」

「だったら、俺も感謝しないといけないな。ファルと出会えて本当に良かった」

「兄さん」

潤んだ目でファルがこちらを見てくる。なぜか、どきりと心臓が高鳴った。

自然と足が吸い寄せられる。まるで、蜜に誘われる虫のよう。

その細い肩を無性に抱き寄せたくなる。

「ユウマちゃんって大胆。お姉《ねえ》ちゃんの前でラブコメやっちゃうんだ。次はキスかな？」

「そういうのじゃないからな」

「そっ、そうです。その、兄さんとは兄妹《きょうだい》ですからっ！」

照れているファルもとても可愛《かわい》い。

……ただ、危なかったな。最近、子供だと思っていた彼女がひどく魅力的に感じる瞬間がある。

俺は彼女の兄になると誓った。ならば、それらしく振る舞わなければ。

とくにファルの場合は、俺に尽くしすぎる。

俺が命じればなんでも受け入れてしまう。それこそ、抱かせろなんて言っても彼女は拒まない。

だからこそ、俺のほうで我慢しなければならない。

「ユウマちゃんってスペック高いし、気遣いできるし、人の心を見透かすけど、変なところで鈍いよね……それって、わざとかな？　面倒になるから目をそらしているのかな？　ユウマちゃんの洞察力で気付かないはずがないのに」

「言いたいことがあるなら、はっきり言ってくれ」

「なんでもないですよーだ。じゃあ、私は眠るね。明日の朝まで、お姉《ねえ》ちゃんは出てこないし、覗《のぞ》き見《み》する気もないから」

意味深なことを言って、姉さんは俺の中に入っていった。

俺との共感覚を切っている。

感覚を共有する召喚獣とはいえ、この状態では外の様子は見られない。

珍しく、俺にプライベートな時間がやってきた。

「とにかく、部屋に戻りましょう」

「そうだな、今回は流石《さすが》に疲れた。今日ぐらい訓練は休みにしようか」

「わかりました。でも洗濯ものいっぱい溜《た》まっちゃってますから、休むのは後です。兄さんのも一緒にやりますよ」

「それも明日でいいだろう」

「そうですか？」

「ああ」

この学園にいるほとんどが身分の高い貴族たち。

だが、この学園は魔界へ遠征する人材を育てようという方針のため、身の回りのことは一通り自分でやらないといけない。

遠征に使った道具の手入れや、溜まった洗濯ものなど、考えると少々気が重くなる。

そういうのは忘れてしまおう。

今日は久々に、干し肉じゃなく汁の滴る肉を食い、釘《くぎ》が打てそうな乾パンではなく白くふんわりしたパンを頰張《ほおば》り、寝袋じゃなく柔らかいベッドに飛び込みたい。

久々に姉さんに見られていない自由な時間なのに、何もしないのはもったいないが、今回ばかりはさすがに俺も限界だ。

第一話：天使との距離

久しぶりに自室で目を覚ます。

頭にもやがかかっている。魔力の流れがかなり悪い。さらには身体《からだ》が重く、錆《さ》びついたブリキの玩具《おもちゃ》みたいだ。

（いつまでごまかせるか）

わざとらしく、周りには遠征で疲れが溜《た》まっていると口に出しているが、実は違う。

転生してから、ありとあらゆる知識、魔術を動員して強靭《きょうじん》な肉体を得た。さらにはサバイバル訓練などを繰り返し、環境負荷に適応するように仕上げてある。

その俺が、たかだか数日の遠征で変調をきたすはずがない。

俺の不調、その原因は姉《ねえ》さんと一つになった反動。

「まだしんどそうね」

「そうだな、さすがに人の身で天使の力を振るうのは無理があったようだ……いろいろと壊れているよ。せめてもの救いは取り返しがつく壊れ方をしたってことだ」

体内を流れる魔力回路のいつかが弾《はじ》け飛《と》んでいるが、末端の細い支線であり、本線のほうはぎりぎり耐えてくれた。

支線であれば外科手術・心霊療法を組み合わせれば治せる。

肉体のほうも、疲労骨折とヒビが入っているのが数箇所、筋肉の断裂箇所は数えるのが馬鹿らしくなる。さらには内臓機能の低下。オーバーヒートした脳はいまだその余熱が残っている始末。

そんな状態の肉体を無理やり魔力で動かしているのが現状だ。もし、特別な鍛え方をしていなければ命を落としていただろう。

「絶好調のユウマちゃんを十とすると、どれぐらい？」

「三がせいぜいだな。この前、姉さんと一つになった感覚で言えば、あの状態で居られるのは体調にも左右されるが、十分。最強の十分と引き換えに解除直後は半死半生。数日経《た》ってもこの様《ざま》だと考えると、滅多《めった》なことでは使えない」

姉さんと一つになった俺は無敵と言ってもいい。前世で、最強の魔術士と言われた姉さんすら軽く凌駕《りょうが》する。

人類最高峰の技術と天使が持つ膨大な力の融合。天使の権能まで使える。……だが、あまりにもリスクが大きい。

「ユウマちゃんの肉体は限界まで鍛えているって言っても人間の枠内だもんね。そうなるのは当然よ。ふっふっふっ、お姉ちゃんのすべてを受け入れるには未熟！」

なぜ、ここでドヤ顔をするのか理解できない。

「そういう姉《ねえ》さんのほうは不調がないのか？」

「不調どころか、絶好調。この世界からずっと感じてた出てけーって力がだいぶ弱まってるよ」

姉さんは、異世界の天使。神の末端であり、世界を守護する権能。

異界の存在を世界は排除しようとする。そして、今俺たちがいる世界は廃棄世界、神が捨てた世界である。守護者である天使はより強く拒絶される。

この世界に存在するだけで姉さんは削られ続けているのだ。膨大な天使の力で抗《あらが》っているが、このままではそう遠くないうちに力が尽きて消滅する。

それが弱まったのは喜ばしい。理由はいろいろと考えられるが……。

「一時的にとはいえ、こちらの世界の存在である俺と同一化したことで、この世界の住人だってラベルが貼られたのかもな」

「納得できる仮説だね。なら、ユウマちゃんともっと一つになれば、世界に居続けられるようになるかも」

「その可能性はある。体が治れば試してみたい。一つになるだけなら、さほど姉さんの力を使わなくて済む」

外科手術・心霊療法の併用、魔力による治癒力の強化、それらすべてを行えば、あと五日ほどで復調する。

「今すぐ、お姉ちゃんと一つになろ」

変な雑誌にあるような扇情的なポーズをわざとらしく姉さんがとってくる。絶世の美女のはずなのに、なぜかコミカルに見えてしまう。

「傷んだ体でやれば死ぬぞ？」

「えっ、死んじゃうの!?　えっ、それ早く言ってよ」

魔力回路の本線は壊れてないが傷んではいる。支線とは違い、ここが壊れれば修復できない。魔術士としては再起不能。

傷んだ骨、内臓、筋肉、血管にさらなる負担をかければ死に直結する。

「ああ、原則一度使えば十日は使用不可。魔界の外で姉さんと一つにならなきゃ負けるなんて状況は考えにくいが……用心はしておきたい」

「ごめんね、そこまでとは思ってなかった。気をつけてよ。私のことを心配してくれるのはうれしいし、消えたくない。でも、いちばん大事なのはユウマちゃんなんだから。私のために犠牲になるなんて絶対やめて」

まるで子供をしかるように、姉さんは言ってくる。

こういうところ、本当に変わらないな。

「わかってる。姉《ねえ》さんを悲しませたりはしない」

「前世でユウマちゃんが命と引き換えに星を砕いたとき、どれだけ悲しかったか……もう、そんな想《おも》いはごめんだから」

俺は前世で、地球に落ちれば人類が絶滅する、そんな隕石《いんせき》を砕き、力を使い果たし転生するための仕掛けをして死んだ。

転生のことを伝える時間も魔力もなく、姉さんを悲しませてしまった。そのことは今も悔やんでいる。

「約束する。もう、あんなことは絶対にしない」

「じゃあ、指切りしよう。ふふふっ、世界に拒まれなくなったことより、ユウマちゃんと触れるようになったほうがずっとずっとうれしいの」

もう一つ、一つになったことのメリットがある。霊体である姉さんに触れられるようになったこと。

天使の実体化は、他の召喚獣の数十倍もの魔力消費があるため気軽にはできない。霊体状態で触れられるのは非常にありがたい。

俺は、指切りをするために小指を差し出す。

何百回も繰り返した儀式。

そこに姉さんの指が……。

「あれっ、すり抜けちゃった……うそっ」

あっさりと通過していった。

姉さんは信じられないといった表情をして、俺の頬《ほお》に手を伸ばすが、その手もすり抜けていく。

「せっかく、せっかくユウマちゃんに触れられるようになったのに……」

姉さんの目に涙が溜《た》まる。それを見ていると胸が痛くなった。

どうしてこうなったか、必死に思考を巡らせる。

姉さんに触れられるようになったのは、お互いが胸の内に秘めた思いを打ち明け、心が一つになったから。ならばこそ、召喚獣と術者が一つになるという奥義ができるようになった。

となると触れなくなった理由は一つしかない。

「あのときと比べて心が離れたからだ」

「私、ユウマちゃんのこと大好きなままよ？　あっ、もしかしてユウマちゃん、浮気をしたの？　他の子好きになっちゃったの!?」

涙目になって、むうっと子供っぽく頰《ほお》を膨らます天使。こんな天使を見たのは人類史上初かもしれない。

「いや、姉《ねえ》さんのことは好きなままだ……これは仮説だが、あのときにあって、今ないのは盛り上がりだ」

「へ？　どういう意味かな？」

「言葉のとおりだ。たぶんだけど、俺たちが一つになるにも、触れ合えるようになるにも、一瞬の燃えるような感情が必要だ」

「もっと詳しく」

「……ああ、そうだな、ほら、あのときは何年も秘めた想《おも》いを打ち明けて、お互い、胸にぐっと来るものがあっただろ？　あれだけの感情強度が必要だ。どれだけ愛し合っている二人でも、告白したときとか、初めてのキスとか、そういうイベントでの感情と、いつも二人でいて胸が温かくなるとか、そういうのじゃ違うだろ」

「うん、わかった。そういうことね。ちょっと気になったけど、ユウマちゃんはそういうこと言うの恥ずかしくない？」

「恥ずかしいよっ！」

顔が熱くなる。

こういう恋愛沙汰は昔から苦手だ。

「そっか、そうだよね。あのときは心臓がどくんどくんってなって、燃えるように顔が熱くなって、もうユウマちゃん以外なんにも見えないってなったけど、今はそうじゃないもの。もちろん、ユウマちゃんのことは好きだし、こうして話しているだけで幸せだけど」

「俺もそうだ。でも、あのときほどじゃない」

感情の瞬間風速。

仮説が当たっていれば、かなり厄介だ。

「問題ね。触れなくなっただけじゃなくて、いざ切り札を使おう、一つになろうって思っても、あのときぐらいどきどきしてないと失敗するってことよね？」

「実験が必要だが、おそらくそうだ」

「それって、意識的にできるかな？」

「できる気がしない……というか、計算でそれができたら、もはやそれは強い想《おも》いじゃない」

「あははっ、……どうしよ？」

「当面、あの切り札はないものと考えよう。今のも仮説で、検証が必要だ」

そうは言うものの、半ば確信じみたものがあった。この仮説は合っている。

そして、それは俺たちと相性が悪い。

恋人同士であるなら、それこそキスをするたびにそういう燃え上がる感情を得られる可能性はある。

だけど俺たちは姉弟《きょうだい》だ。感情の性質は安らぎやぬくもりといったものに振れやすい。

前回のは例外に過ぎない。

「ううう、せっかくユウマちゃんに触り放題だと思ったのに……とっても残念よ」

「どっちみち、姉《ねえ》さんが世界に居続けられるように研究をするつもりだ。そっちもなんとかする。それに悪いことばかりでもない」

「どういうこと？」

「世界が拒む力が弱まったことはうれしい誤算だし、こういうふうに触れる、触れないの条件分けができればルールが見えてくる。それは研究の前進に繋《つな》がる」

研究者の視点からすれば、理由はわからないけどできましたなんて状態より、できるできないの条件が判明しているほうがよほど有益だ。

「ユウマちゃんはほんと、冷静だね」

「そうしないと、姉さんと離れ離れになってしまうからな」

「ユウマちゃん……好きっ」

翼をはためかせ、姉《ねえ》さんが突っ込んできてすり抜けていった。

振り向くと、姉さんが首をかしげていた。

「ううっ、今の感激だといけるって思ったけど……けっこうシビアね」

「いや、たぶん俺のほうに問題があったな。姉さんは感激していたかもしれないが、俺はほとんど平常心だ」

「こういうときぐらい、クールぶるのやめてよ！」

そう言われてもそういう性分だ。

……とはいえ、今後のことを考えると意図的に感情の振れ幅を大きくしたほうがいいかもしれない。

俺だって姉さんに触れたいし、日常のふとしたことで気持ちが燃え上がる可能性もある。

そんなことを考えていると、ノックの音が聞こえた。

「兄さん、学園に行きましょう」

「すぐに支度する」

ファルが迎えに来たようだ。

もうそんな時間か……。

まだまだ、考察すべきことはあるがそれは授業を受けながら考えよう。

第二話：見抜かれた嘘《うそ》

教室に向かうが、王都の大通りでそうなったように注目を浴びていた。

大通りのときは、生徒の誰か一人という目で見られていたが、ここでは俺個人に注目が集まっている。

つまり、俺が魔族を倒したということまで広まっていると見たほうがいい。

今後、学園でそういう目で見られることは覚悟しておいたほうが良さそうだ。

授業中、教官の何人かもそういう目で見てきたのは流石《さすが》に辟易《へきえき》した。

「ユウマ・レオニール。ファルシータ・レオニール。学園長がお呼びだ。私と一緒に来なさい」

担当教官に呼び出しを受ける。

俺はこくりと頷《うなず》いて、ファルと一緒に立ち上がった。

十中八九、遠征で魔族を倒したことについてだろう。

◇

学園長の部屋に入る。

その途端、学園長の圧倒的な雰囲気に気圧《けお》された。

老いを理由に引退したとはいえ、この国最強の騎士団、その長《おさ》だっただけのことはある。

その力は今でも現騎士団長を越えると噂《うわさ》されていた。

そして、彼の隣には軍の高官がいる。

初見だが服装と勲章の数で、おおよその身分がわかるのだ。

「よく、来てくれた。ユウマ・レオニール、ファルシータ・レオニール。先日の魔族討伐では君たちは獅子奮迅《ししふんじん》の働きをしたようではないか。君らは我が校の誇りだ」

学園長が厳しい面に似合わない笑顔を貼り付けた。

「お褒《ほ》めいただき恐縮です。この度の戦いで、魔族を見つけたのは大きな成果であると自負しておりますが、さすがに誇りというのは言い過ぎではないでしょうか？」

無駄だとわかっているが、せめてもの抵抗をする。

「ふむ、君の報告書ではそうなっていたね。だが、私が受け取った報告書では君こそが、魔族……フライハルト侯爵を討ったとあるよ」

驚いた。

状況的に俺が魔族を討ったというところまではばれる可能性があると考えていた。

しかし、フライハルト侯爵が魔族だというところまで突き止めているのは意外だ。俺以外に目撃者はおらず、ばれる理由がない。

「はて、なんのことでしょう」

「しらばくれなくともいい。ことが露見したのは偶然なのだ。たまたま、彼女があそこにいた」

学園長室の奥にある扉が開く。

そこには軍服をまとった女性が居た。セミロングの茶色い髪をしており、キツめな印象を受けるが整った顔立ち。

その肩にはフクロウが乗っている。ただのフクロウではなく、召喚獣だ。

学園長が彼女に挨拶をするように促す。

「始めまして。私はシャルパーレ騎士団所属、将校《オフェシエ》のシュバル・フランソワ。このフクロウは、私の召喚獣。能力は天眼……半径二キロを見る能力よ。透視と霊視、両方でね。君のことはずっと見ていたわ。事件の真相も、そのずば抜けた力も。もちろん、そっちの可《か》愛《わい》い女の子の力もね」

天眼、恐ろしい能力だ。

通信機が存在しないこの世界において、情報の収集はひどく非効率的。斥候を放ち、彼らが見聞きしたものを得るしかない。

斥候の見聞きした限られたものしか情報が得られない上に、その情報には主観が多分に混じる。斥候が無事戻ってこられるかすら未知数。さらに言えば、伝達に時間がかかるがゆえに情報が届くころには古くなっている。

リアルタイムで広範囲の情報を得られる続ける。それは反則的なまでに有用な力。

「視線を感じていました、警戒して探索系の魔術を使われていないかと逆探知もかけましたが……まさか召喚獣の力で見られていたとは思いませんでした」

第六感が見られていると告げており、ならばこそ魔術的な手段を警戒した。

しかし、その正体が召喚獣の能力で見ていただけとは。

俺もまだまだ甘い。

「あのときは驚いたわ。天眼に混ざった私の思念に反応した子なんて初めてだったもの」

「そういった能力があるのなら、積極的に協力してほしかったですね」

魔族の位置を突き止めるのにそれなりに苦労した。

これでは無駄骨ではないか。

「協力はしていたわ。ただ、あなたには私の存在を知る権限がなかっただけよ」

権限か……納得だ。彼女の存在と能力は極秘にしておくべきだし、俺が軍の上層部でもそうする。あまりにも有益すぎる。

魔族が知恵を持っているのであれば、どんな犠牲を払ってでも真っ先に潰《つぶ》そうとするだろう。

そして、人間の中にも彼女を強引な手で手に入れて利用しようとする奴《やつ》らはいくらでもいる。

理屈はわかるが、この不運を呪いたくなった。

「学園長、私は虚偽の報告をしました。どのような罰も受ける所存です」

軍において虚偽の報告は重罪だ。

嘘《うそ》が露見しないよう、それなりの準備をしていたが、シュバルの存在は想定外だ。今後の教訓にしなければ。

召喚獣が存在する世界では、なんでもありなのだと胸に刻んでおこう。

「軍規に照らせばそうなるだろう。だが、君は学生であって軍人ではないのだ。軍規で罰することなどできぬよ。それよりも……」

学園長が手を叩《たた》くと、シュバルが頷《うなず》く。

彼女のフクロウが鳴き声を上げて瞳が光ると壁に映像を映し出した。まるでプロジェクターのよう。

映し出されているのは、魔族と化したフライハルト侯爵と俺の戦いだ。……ここまでできるのか。

「君は特別な生徒だと思ってはいたが、まさかこれほどまでとは。その歳《とし》で、私が見てきた誰よりも強い。さすがはレオニールの小僧が最高傑作と言うだけはある」

「義父《ちち》と知り合いなのですか？」

「まあな、我が右腕を見るがいい。肌の色が他とは違うだろう？　義手だ。魔族に切り落とされた右腕の代わりに、あの男が作った。その礼にいろいろと便宜を図っておるのだ」

学園長の腕は、どう見ても作りものには見えない。指先まで動く義手などおおよそ人間業じゃない。

こんなものを作れるのは、俺を除けばこの世界であの男ぐらいだ。

「虚偽の報告をした私を罰するのではなければ、なんのためにここへ呼んだのでしょう？」

「ふむ、最初に言っただろう。我が学園の誇りと。二週間後、タラリスで魔族討伐した君に勲章が贈られる」

「失われた英雄の代わりが必要ということですか……」

フライハルト侯爵は英雄としてはひどく有能だった。宣伝塔として十二分に働いた。だからこそ、彼の死が与える影響はひどく大きい。

民たちは絶望に包まれるだろう。絶望すれば、様々な不満が爆発する。ならばこそ、新しい英雄が望まれる。

「そのとおりだ。新たな英雄がすぐにでもいる。それだけではないぞ？　たまには教育者らしいこともしてみるとしようか。問題だ。わざわざ王都にいる君が、タラリスで受勲式を行うのはなぜか？」

こういった儀式は本来王都で行うべきだ。そうしないのは必ず理由がある。

タラリス、それは第二の王都。もし、王都に何かあった際に首都機能を移すために作られた街。

そして、欲と虚栄に満ちた街でもある。

「ヒントをやろう、タラリスがどういう街かを考えるのだ」

王都は我が国でもっとも魔界に近い位置にある。

王都である以上、莫大《ばくだい》な防衛費をつぎ込み、大兵団を常駐させる必要がある。そうであるなら、魔界からこぼれ落ちる魔物どももその戦力を用いて倒すのが効率的。

さらには兵に実戦経験を積ませることができると、合理的な判断でそうなっている。

(それに意義を唱えるものたちがいた)

欲に溺れ、臆病かつ保身に優れた大部分の貴族どもは猛反発した。なぜ、好き好んで高そんな反発のなか王族は王都の移転を決行。貴族たちに嫌なら王都から出ろとまで言った。

貴族たちは危ない場所には住みたくない。政治の中心から離れたくもない。その二律背反を解消するべく大貴族を中心に新たな街を作った。

それこそが第二王都とも呼ばれるタラリス。王都に何かあったときのためという建前のもと安全な場所に作り、さらには一部の権益を王都からもぎ取ることに成功。安全な場所で権力を握りたい豚どもの巣が完成した。

「金を集めるためでしょう？　魔界への大規模遠征には莫大《ばくだい》な金がかかる。王都の予算だけでは不可能。……おそらく、他国の名士たちも多く呼ぶのでしょう。その上で、タラリスの豚……失礼、貴族たちを煽《おだ》て、気分をよくさせ、出資させる。前の英雄より強い英雄が、王都でなくタラリスを選んだと思わせる、その事実が与える優越感は大きい。なんなら、金を出してもらう分、遠征の成果を奴《やつ》らに与える……そういう餌をばらまいているのかもしれない。実を取る、実にあの王族らしい考えだ」

学園長が拍手をする。

「満点だ。なるほど、強いだけではなく頭も回る。いいのう……レオニールのところに孫を預けてみるのもいいかもしれん」

「やめたほうがいいですよ。だいぶ、あそこも普通になりました」

今もレオニール伯爵の研究所では魔力を持った子供たちを集め教育を行っている。しかし、よくも悪くも昔とは違う。

かつて非人道的な技術を使ってまで、レオニール伯爵は最高性能の素体を生み出そうとしていた。己の後継者を得るために。

自分に匹敵する天才がいないのであれば、自分の手で生み出そうという妄執。

しかし、彼は俺という後継者を見つけ育てあげたことで研究所への興味をなくしている。

今のレオニール研究所の教育方針は、それなりに厳しく楽しく、一握りの天才を生み出すのではなく全員をそれなりの水準で仕上げるもの。俺やファルのような規格外が生まれることはない。

「それは残念だ。さて、そこまでわかっているのであれば、私たちが君が何を言おうと、魔族殺しに対して勲章授与を行うのはわかるだろう。君はかしこい、目先の利益に惑わされずに、英雄になるのが面倒とわかって避けようとした。……君の想《おも》いを踏みにじるようで悪いが、それでも我らには英雄が必要なのだ」

金を生み出すために、民の希望であるために。

英雄という広告塔がなければ、貴族・商人からの出資など受けられまい。そして魔界対策での増税、魔物の増加による流通コスト高が原因での物価上昇。そういったものに苦しめられている民の不満は爆発する。

「わかりました。では、こうしませんか……魔族を討ったのは私ではなく、私のチーム。つまり、私、ファル、オスカ、キラルの四人としてください」

「ふむ、その意図は？」

「私が英雄となるのを拒んだのは、広告塔として様々な仕事を押し付けられること。過度の偶像化による弊害。しかし、個人ではなく四人であれば、一人あたりの負担は減ります。そちらも、便利でしょう？　同時に複数箇所でアピールできる」

「ふむ、理に適《かな》っておるな」

「そして、ファル、オスカ、キラル。彼らは美形で華がある」

「ユウマくんも十二分に美形だとは思うが……だが、オスカ、あの悪ガキの息子は、そういうのが好きそうだ。派手好きで目立ちたがり屋だしな。いいだろう、その線でいこう」

これで最悪のケースは回避できた。

この国の財政状況を鑑みれば、全国大貴族・大商人、挨拶回りツアーなんてやらされかねない。

俺には時間が必要だ。

姉《ねえ》さん、ファル、大事な人たちと共に暮らす世界を守るための時間。

姉さんがこの世界に留《とど》まり続けられるように研究する時間。

アイドルのマネごとなんてやっていられない。得意なやつに押し付ける。

「話は以上だ。帰りたまえ」

俺とファルは一礼して、部屋を後にする。

二人きりになって、ファルが沈んだ顔をしているのに気付いた。

そういえば、彼女はあの部屋で一言も発していない。

「どうかしたのか？」

「あの、そのなんでもないです」

「そんな顔をして、なんでもないはずがないだろう？」

「……あはは、兄さんは誤魔化せないですね。その、タラリスに行くことになって、ちょっと、動揺して」

そうか、ファルはタラリス出身か。

あそこにはファルを捨てた両親がいる。

「両親に会いたいか？」

「いえ、ぜんぜん。今更、私を捨てた両親なんか」

そう言うとファルはぱんっと両手で頬《ほお》を叩《たた》いた。

「すみません、もう大丈夫ですっ！　兄さん、今日の訓練、びしばし鍛えてください。遠征の間も昨日もさぼっちゃいましたから、取り戻さないと！」

空元気を見せるファルを見て、痛々しいと感じてしまう。

……こうは言っているが、思うところはあるのだろう。

もし、ファルが両親の元に帰れるようなことになり、彼女もそれを望んだとき、俺はいったいどうするのだろうか？

彼女を送り出すのか、あるいは引き止めるのか？

ファルは大事な妹だ。ずっとそばにおいておきたい。

だけど、彼女には幸せになってほしい。

「兄さん、どうしたんですか？　ぼうっとして」

ファルが顔を覗《のぞ》き込《こ》んでくる。

「なんでもない、行こう」

考えるのは後だ。俺のすべてをファルに教え込もう。それは、どんな道を選んだとしてもファルの力になってくれるだろうから。

第三話：ときには青春を

英雄に祭り上げられるのは面倒だと思っていたが、こんなにも早くそれが実感に変わるとは。

英雄として扱われることになった、俺のチーム。俺、ファル、オスカ、キラルの四人は特別講義室に呼ばれて、特別授業を受けていた。

教官が声を張り上げている。

「キラルくん、敬礼はそうじゃない。手の角度はこうだ。ああ、ファルくん、そうじゃないよっ、膝をつくときはゆっくりと頭を下げながら……」

初めて会う教官で礼儀作法のプロらしい。

タラリスで行う受勲式では王が直々に勲章を授けてくれる、しかも多くの貴族や他国から呼び寄せた名士の前で行う。ゆえに美しく品がある完璧な礼儀作法が求められる。

飲み込みがいい俺、大貴族でこういう作法を幼少期から叩き込まれているオスカはあっさりと合格をもらえて休憩中。

しかし、ファルとキラルは苦労しているようだ。完璧を求められるため、合格点を取るまで何度でもダメ出しをされる。

お辞儀の角度など一度単位で文句を言われるのだ。

「やっぱり、公爵家の長男ともなると礼儀作法も完璧か」

俺の言葉を受けて、オスカはわざとらしく髪をかきあげる。

そういう一歩間違えればギャグにしかならない仕草も、彼がやると様になる。

美形で気品に溢《あふ》れ、いい意味でも悪い意味でもキザ。それがオスカという男だ。

「まあね、厳しくしつけられたよ。それ以上に実践だね。神に愛された僕は様々な賞をもらってきたんだ。こういうのは慣れっこだよ」

それもそうか。忘れていたがオスカは神童と呼ばれ、誰よりも才を持ち、輝かしい人生を歩んできた。

学園の入学試験で俺に破れたのが初めての挫折だったと言っていた。

遠目に、ファルとキラルの指導を眺めていると、ファルが疲れた顔でやってきた。

トレードマークのツインテールもどこかくたびれているような気がする。

「ふう、やっと合格点がもらえました」

「お疲れ様」

ファルは天才だ。ただしそれは莫大《ばくだい》な魔力を持つという意味でしかなく、センスや器用さはない。そういう意味では凡人。

凡人の割には、習得が早いのはファルの美点である素直さのおかげだ。先入観なく教わったままを受け入れる。

当たり前のように聞こえるが、意外とそれは難しい。

人間は思い込みと先入観に足を引っ張られやすい。脳内に情報が入るときにフィルターをかけてしまう。

ファルにはそれがない。

だからこそ凡人でありながら、俺が教える超高等技術すら、教えれば身につけてしまうのだろう。

もっとも、彼女が異常なまでに努力家なのも大きいが。

「ファルも貴族出身だろ？　こういうことは叩《たた》き込《こ》まれなかったのか？」

「ちっちゃいころに売られちゃいましたからね……あの女が来てからは使用人扱いでしたし、貴族っぽいことは何もできないです」

「そっか。変なことを聞いたな」

「いえ、兄さんに興味を持ってもらえてうれしいですっ！　もっと私のことを聞いてください」

レオニールの研究所でも、あそこの教育方針はあくまで高スペックの人間を作るというもので、礼儀作法などとは無縁だった。

前世で礼儀作法は一通り教わっているとはいえ、世界が違えばまったく役に立たない。

ある意味、それは俺やファルの弱点でこの機会に学べて良かったと思う。面倒なのは間違いないが。

「遅くなってごめんなさい。いつも私のせいで待たせてしまうのは心苦しいわね」

キラルが呼びに来た。

受勲式の際に身につけないといけない作法は多く、一つずつ教えてもらっている。全員が合格点を取れば次に進める。

そして、毎回キラルが最後まで手こずっていることを気に病んでいるようだ。

「気にしないでいい。待たされているが、その時間を無駄にしているわけじゃないからな」

「ふっ、当然だね。僕みたいなエリートになると、短い時間だろうと研鑽《けんさん》に使う」

「待っている間、兄さんとおしゃべりできるので大丈夫です」

それぞれが声をかける。気を遣ってはいるが嘘《うそ》は言っていない。

俺の場合、頭の中で常に魔術の研究・開発をしており無駄な時間など存在しない。

「ありがとう……でも、自分が嫌になるわ。私って不器用なの、魔術だって身体能力強化以外使えない……魔族との戦いで、あなたたちは大活躍だったわ。ファルが道を作って、オスカがユウマを運んで、ユウマは魔族を討った……私は何もできなかった」

悔しそうに拳を握りしめる。

彼女は普段から、クラスメイトに蔑まれている。俺たちのグループにいることもその原因の一つ。嫉妬されてしまっているのだ。

先日も、棚ぼた野郎と言われているのを見た。

そういったことが彼女の劣等感を深める……身体能力強化の魔術しか使えないことを。

そんな想《おも》いが、今この場で爆発してしまったようだ。

ならば、チームのリーダーである俺がするべきことは一つ。

慰めるわけじゃない、事実を突きつける。

「何もできないなんてことはない。身体能力強化以外を使えないと言ったが、キラルほど完璧な身体能力強化を使える魔術士は他にいない。身体能力強化っていうのはある意味最強の魔術なんだ。速く、強く、硬い。極めればそれ以外の魔術はいらない。事実、魔族の襲撃で見事、ファルやオスカを守ってくれた。だから、二人が全力で暴れられた」

キラルは特化型の魔術士。

通常の魔術士はパソコンだ。プログラムコードを書き、流し、演算することで様々な機能を発揮する。

だが、キラルはマイコン。予《あらかじ》め刻まれたコードしか使えない。その代わり発動する際に、書くことも流すことも演算も必要ない。呼吸するかのように身体強化の魔術を使える。それしか使えないが発動速度・効率・完成度は一般的な魔術士の比ではない。

そもそも身体能力強化魔術は超高難易度魔術。

大多数の魔術士がやっているのは魔力を全身で覆っての活性化が限界。

例えば走るという動作がある。手を振り、腰を捻《ひね》り、右足を突き出し、着地。全身の動きはひどく複雑で、さらには連動している。

効率を考えるなら可動箇所に多く魔力を割り振り、運動の連動に合わせて強化箇所を変更。それも複数箇所に。

そんな真似《まね》はできないから非効率でも全身を魔力で覆うという手をとるしかない。

(だが、彼女のは違う)

最適なタイミングで、最適な場所に、最適な強さで割り振る。

だから、誰よりも速く、強く、硬い。

俺ですら、限定的にではないと本当の身体能力強化などできはしない。

彼女を身体能力強化魔術しかできないと笑う者に、本物の身体能力強化魔術が出来ている者など一人もいない。

「本心から言っているのかしら？」

「でないと、キラルを俺たちのパーティに誘っていない。……アドバイスをしよう。ないものねだりをするな、あるものを磨き上げろ。君の才能は、磨けば輝く。君が恥じるべきはそれしかできないことじゃない、それを信じて貫けないことだ」

「信じていいのね？」

「ああ、人を見る目には自信がある」

キラルが上を向き、それから大きく深呼吸し、俺の顔を見て微笑《ほほえ》んだ。

憑《つ》き物《もの》が落ちてすっきりしたのか、とても晴れやかな笑顔。

彼女にはそういう顔がよく似合う。

「信じるわ。……そうね、これしかないのだから、これを磨き上げるしかないわね。あなたが背中を押してくれたおかげで迷いが消えた」

「それは良かった」

「それと、申し訳ないのだけど……こうやって長々と話したせいで、教官がかなり怒っているみたいね。背中に怒気を感じるわ」

そういえば、キラルは俺たちを呼びに来たのだった。

怒っていても、怒鳴ってこないあたり教官は空気を読んでくれているのだろう。

さすがは礼儀作法の教官だ。

「みんな、行こう」

「そうだね」

「はいっ」

「ええ」

生暖かくて、くすぐったい、そんな空気が流れている。

たぶん、これが青春というものだろう。

……前世の俺は姉《ねえ》さんに追いつくために、最高評価を受け続けなければならなかった。

周りの連中を競争相手、敵としか見ていなかった。

だからか、青春なんてものは言葉でしか知らない。

もしかしたら、敵としか見ていなかったあいつらもいい奴《やつ》らだったかもしれない。腹を割って話してみたかった。

それはもう遠い過去で、どうしようもない。

今やれることは、この青春を楽しむこと。

それを理解した上で、俺は俺らしく生きてみよう。

第四話：汎用型と特化型

俺の一日は授業で始まり、ファルとの訓練、その後は姉《ねえ》さんをこの世界に留《とど》めるための研究という流れになっている。

もっとも、授業中は魔術による思考の並列化を行い意識の九割ほどを研究に充てているが。

（できれば、残りの一割も研究に回したいが……）

魔術の発展具合は前世のほうが圧倒的に高いのだが、極稀《ごくまれ》にまったく予想もしていない発想だったり研究がこちらの世界で見つかる。

そのため、ちゃんと魔術の授業は聞いておかねばならない。

その他にも歴史などの教養もないと恥をかくので必須。なんだかんだ言って、ほとんどの授業を真面目に聞いていた。

そして、授業が終わり、いつもならファルとの訓練を行うのだが……。

「なぜ、キラルがここにいる？」

運動着に着替えた俺とファルが突然の闖入者《ちんにゅうしゃ》を訝《いぶか》しげに見ている。

「噂《うわさ》を聞いたの……ここで、ガジラ怪獣大決戦をしているって」

ひどい言い様だ。

ガジラというのは、好戦的な魔物で強い魔物を探して放浪し、見つけると勝負を挑む。

やたらと巨大で神出鬼没。ガジラが戦うに値すると判断した魔物もまたそういう類《たぐい》の連中なので、奴《やつ》らの戦場はまるで災害のような様相となる。

だからこそ、この国では天災規模の戦いをガジラ怪獣大決戦と呼ぶ。

なんども軍が討伐に出向いたことはあるが、ガジラは軍を強者としては認識せずに、無視して去っていくため成功したことがない。ガジラは今日もどこかで強敵を探しているのだろう。

「いや、俺とファルが模擬戦をしているだけだが」

「それがガジラ怪獣大決戦と揶揄《やゆ》されているのよ」

そういえば、最近の模擬戦は全力を振るっており、それなりに派手に戦っている。

ここは学園が所有する山で一般人は入ってこず、予約さえすれば思いっきり暴れられるため重宝していた。

一応、俺もファルも表に出してはいけない魔術を多く使うため、周囲を探索魔術で確認して、見られていないことを確認してから模擬戦をしている。

なのになぜ、そんな噂が立ったのだろうか？

周囲を見渡してみる。

木々が生い茂っていたはずのそこはクレーターだらけの荒野になっていた。どうしても、戦いの規模が大きくなるとこうなってしまう。

あれだ、周囲数百メートルという範囲で見られていないことを確認したところで、これだけ暴れれば遠目にもわかる。

そして、ここを使っているのは俺とファルだけじゃない。あとから来た者がこの惨状を見て、前に使っていたのは誰かと興味を持ってしまえば、そういう噂《うわさ》が流れてもおかしくない。

「……それで、ガジラ怪獣大決戦をしているところにどうしてやってきた？　わかっているだろう。キラルがやっていることはマナー違反だ」

この訓練場は思いっきり暴れられるという利点の他に、技術を隠匿して訓練できるというメリットが大きい。

この学園には、様々な領地出身の貴族たちが集まる。それぞれに秘伝やら奥義などを隠し持っていた。

軍隊行動をするとはいえ、魔術士たちは誰にも見せない奥の手の一つや二つは持っているものだ。

そういう奥の手を研鑽《けんさん》するための場所としてここがある。

ならばこそ、アポなしでやってくるのは礼儀にかけていた。

「わかっているわ……それでも、どうしてもお願いしたいことがあるの」

わざわざ、俺とファルの特訓に割り込んでくる理由なんて一つしか考えられないか。

俺は黙って、続きを促す。

「私を鍛えてほしいの。独学では限界があるわ」

「ふむ……とはいえ、俺もアドバイスできることは多くない。キラルは騎士の名門出身だけあって既に一流と呼べるだけの剣技を身につけている。あとは、基礎能力の向上。それから、訓練で手を抜くのをやめろ」

「前半はわかるけど、後半はなにかしら？」

「言わないとわからないか？」

てっきり、自覚をしていると思っていた。

自覚すらしていないのであれば、かなり問題がある。

「ええ、わからない」

「言葉のとおりだ。身体能力強化に特化した魔術士のキラルが、あの程度の速さしか出せないはずがない。乗りこなせる速度に加減している。意識的であればすぐに改善するんだろうが……無意識なら、それは自己防衛本能が働いている。少々根深いな」

彼女がバカにされている原因はそれだ。

セーブしているせいで、似非《えせ》身体能力強化と大して変わらず、特別なところが伝わっていない。

本来、誰がどう見ても彼女は特別で圧倒的な力を発揮できるはずなのだ。

「加減なんてしていないわ。私は常に真剣よ」

「なるほど、真剣か、いや、真剣なつもりか。……ファル、今日の模擬戦は中止だ。自習してくれ」

「新しい技を楽しみにしていたのに残念です」

「埋め合わせは今度する」

ファルには悪いことをしたが、キラルは大事なチームメイト。

そして、先日アドバイスをしたこともある。なら、最後まで責任を持たなければ。

「キラル、俺と模擬戦をしようか」

俺はそう言って魔術を詠唱する。

地面から鉱物混じりの泥が吹き上がり、圧縮しながら形を変え二振りの剣になる。

中心は硬く、外側は柔らかくなっていた。

これなら、全力で戦っても殺さずに済む。

そのうち、一本をキラルに渡す。

「どういうことかしら……これ、私の剣と長さも重さも形状も重心も、握り心地まで一緒なのだけど？」

「そうじゃないと訓練にならないだろう？　訓練と実戦で使う武器が違うと、実戦で違和感が出る。かと言って、真剣を使うのは危険すぎる」

「理に適《かな》っているのだけど、どちらかと言うと私の剣と同じ使い心地のものを、なぜ作れたかが気になるのだけど」

「授業で何度か剣を合わせただろう？　それでだいたいわかる」

授業では各々の武器を使って試合をするというものがある。

入学試験でも使った、ダメージを肩代わりする魔道具を利用したもの。その中で、彼女の剣については理解し、記憶した。

「……さらっと信じられないことを言うわね」

「できるものはできるとしか言えない。それよりここを使える時間は限られている。早く戦おうじゃないか。全力で」

「危なくないかしら？　ダメージを肩代わりしてくれる魔道具なしで、全力で戦うなんて」

「安心してくれ。俺は君に怪我《けが》をさせるほど未熟じゃない」

「あなたが怪我をする可能性は？　私、全力で戦いながら相手を怪我させないなんて器用なことはできないわ」

「そっちはもっと心配ない。授業で君が見せているのが全力なら、万が一にも俺が怪我をするなんてことはありえないからだ」

今の発言には少しいらっとしている。

自虐的な発言が多いわりに、プライドはあるようだ。

彼女のためにも、一度、徹底的に叩《たた》きのめすとしよう。

◇

十数分後、キラルが膝をつき、剣を取り落とす。

俺の武器が柔らかい素材で表面を覆った模擬刀とはいえ、何度も打ち据えられ体の芯にまでダメージが通っている。

一方の俺は無傷。

「……どうして、こんな一方的に。手加減されているのに」

「手加減はしていないさ」

「私に合わせて身体能力強化魔術以外使わないのは手加減以外の何ものでもないわ」

怒りを込めた目で睨《にら》みつけてくる。

いい表情だ。その闘争本能は才能だろう。

「それを手加減と言うのならそうだ。だが、俺はそのルール内で全力で戦った。気付いたことはあるか？」

「あなたと私の戦闘技術が違いすぎるということかしら？」

「いや、差はあるが、さほど大きくはない」

「身体能力の差もかなりあるわ」

「いや、それもない。純粋な肉体の性能としては俺が上。だが、魔力量はキラルのほうがかなり上だ。魔力で強化された肉体のスペックならキラルが上」

「嘘《うそ》よ。だって、あなたのほうが速かったわ」

俺も、そしてキラルも嘘をついていない。

「違うな、平均速度はキラルが上だった。要所要所で俺が速かった」

「そうよ、急に加速して」

ちゃんと見えていた。

話が早くて助かる。

「身体能力強化魔法を使い分けていたんだよ。一つは魔力を漠然と全身に覆う、凡人が使う身体能力強化魔法。いや、魔法とすら言えない代物。そして、要所で行っていたのは身体能力強化魔術、適切な形で肉体の強度と速度を効率的な形で強化するれっきとした魔術……そう、君なら呼吸をするようにできるはずのそれだ」

演算、制御ともに難しく、常時発動なんてできない。

だから、要所要所で使う。演算が難しく発動に時間がかかるがゆえに、先読みをし、さらには相手の動きを誘導して使った。

「そんなのおかしいわ。だって、魔力量は私のほうが上なのよね？　それだと、あなたが一瞬速くなったあの速度を常に凌駕《りようが》し続けて動けないとおかしいもの」

「そう、そのとおりだ。だというのに、それができていない。その理由は明白だ。自分の技量で扱える速度に抑える癖が染み付いてる……ようするに宝の持ち腐れだ」

それこそがキラルの最大の弱点。

Ｆ１カーのエンジンを搭載していようが、使う気がなければ意味がない。

「本当にそうなの？」

「見てみればいい。俺は全身汗だくで、息も乱れ、正直かなりぎりぎりだ。十一分も魔力全開で肉体を強化し続ければこうなる……だが」

「私はダメージはあっても疲れはない」

「全力じゃない証拠だ。十分以上全力の魔力放出をして、疲れないやつなんていない。さて、身体能力強化魔術がどういうものか頭では理解したな。最後に、とびっきりのを見せてやる。……まず、キラルの瞬間魔力放出量はこれぐらいか」

脳のリミッターを外し、魔力回路を傷めてしまうのを覚悟して瞬間的に己の実力以上に魔力を放出する。

前世で少ない魔力量を補うために考案した手法の一つ。

その状態で、演算力を強化する【アストラル・ネットワーク】を構築。

「絶対に動くな……動けば命の保障はない」

彼女の価値を、その強さを示す。

そのために彼女が目指すべき強さを見せつける。

そのための技が俺にはある。

「【瞬閃：壱ノ型・光】」

武術の概念に型というものがある。

武術家は型を何千、何万回も反復して体に刻みつけて反射に落とし込む、基本にして奥義。達人は思考を介在させないからこそ可能な滑らかさと速度を実現する。

そこに俺は目を付けた。

武術という型の動作に、その型に最適化した身体能力強化の術式を盛り込んで、何万と繰り返し、反射で行えるまで体に刻み込む。

そうすることで、無意識に真の身体能力強化魔術を行うことを可能とした。

魔術と武術の融合、故に届いた神速・超効率の一撃。

俺の剣閃《けんせん》は光となり、キラルの目の前を通り過ぎ、そのあとに風が巻き起こり、キラルの髪が舞う。

「何、今の、速さ、それに、なんて綺麗《きれい》……」

その目には驚き、それ以上の憧憬があった。

「いいか、キラルとまったく同じ量の魔力があれば可能な、最速の斬撃。理論上キラルにもできるんだ」

「信じられない、でも信じたい。私もこんな美しく速い剣を振るいたいわ」

「それは違う。キラルの目指す強さ、それはこの斬撃を身につけることなんかじゃない。俺はこれを必殺技にするしかない。だがな、キラルはこれを当たり前にできる。振るう剣すべてがこの速度。それこそがキラルの才能であり、目指すべき場所だ。言っておくが夢物語なんかじゃない。当たり前にできることだ」

キラルが息を呑《の》んだ。

そう、俺がたどり着いた剣技と魔術の極致である必殺、【瞬閃】が彼女の通常運転になりえる。

そこに届き得るからこそ、彼女を天才と称し、仲間に引き入れた。

「それはたしかに最強ね……ええ、目指してみせる」

「最初は怪我《けが》をする。うまくいかない。本能がリミッターをかけたのは今のキラルじゃ制御できずに危険だからだ。だが、それを超えた先にしか求める強さはない。本能をねじ伏せてみせろ」

恐怖を超えるのに必要なのは勇気と憧れ、ならばこそ俺は俺ができる理想……俺の極限を見せた。

あとはキラル次第。

心の問題だ。

「ありがとう。ここからは一人でやってみるわ」

「期待している」

「でも、また迷ったら相談に乗ってもらえるかしら？」

「約束よ」

「ああ、もちろん」

よほど興奮しているのか、顔を赤くしてそのまま走り去っていった。

俺たちの邪魔にならないように少し離れた場所で自主練をしていたファルがこちらにやってくる。

「……兄さん、また惚《ほ》れられちゃいましたね」

「またってなんだ」

「昔から兄さんは、モテモテです。妹としては心配になってしまいますよ」

「そんな心配はしなくていい。それより、あと十分程時間が残っているがやるか？」

「もちろんですっ！」

ファルは俺が与えた銃剣を構える。

キラルは強くなるだろう。

だが、目の前にいるファルはすでに化け物だ。基礎スペックでは俺を軽く凌駕《りょうが》している。

足りない実戦経験も模擬戦を行うたび俺から吸収していく。

いつか彼女は俺を追い抜いていくだろう。

だが、残念ながらそれは今じゃない。

まだまだ、この可愛《かわい》い妹にして弟子のファルに負けてしまうわけにはいかない。
俺はまだまだファルの目標でありたい。

第五話：保身と欲望の街

馬車に揺られている。

学園を出発してから二日目で、あと一時間もすればタラリスにたどり着くだろう。

「儀礼式典用の馬車はすごいですね。揺れが少なくて快適です」

「装飾もいいね。僕の家にある馬車といい勝負だよ」

ファルは感心し、オスカはふんぞり返っている。

このクラスの馬車を所有しているのは、さすが公爵家といったところか。

今、俺たちが乗っているのは儀礼式典用の馬車であり、こちらの基準では最先端の技術で作られ、なおかつ装飾も最高水準。

「お金が無いという割にこういう無駄遣いをするのは筋が通らないわ」

キラルが不機嫌そうに漏らす。

彼女も俺と同じく、英雄扱いが面倒だと考えるタイプで質実剛健。

彼女はタラリスにまで行って式典に出るぐらいなら、その間に魔物の一匹でも倒したほうが国のためになると言うタイプ……というか、実際に言った。

「贅沢《ぜいたく》ではあるが無駄遣いじゃない。街に入る瞬間から俺たちは注目されるんだ。馬車だって相応のものが必要になる。英雄って看板でタラリスの連中から金を巻き上げるんだ。みっともない姿は見せられない」

みんな、俺の説明でそれなりに納得する。

俺は目をつぶり、脳内での魔術開発に思考リソースのほとんどを割り振る。

俺には、いや姉《ねえ》さんには時間がない。移動時間をぼうっと過ごすなんてありえない。

そうしていると、脳内で声が響いた。

『ユウマちゃん、聞こえてる？』

俺の中にいる姉さんがテレパシーを送ってきた。

『聞こえているが、どうかしたか？』

『うーん、気の所為《せい》かもしれないけど、一瞬、ぴりってした。何かいるよ。ふつうの動物じゃない』

『魔物じゃないのか？』

魔界からかなり離れているとはいえ、小物ぐらいならいてもおかしくない。

『う～ん、この感じ、たぶん魔族よ』

魔術開発に使っていた演算リソースを探索系魔術に回す。

風と意識をリンクする広域探査魔術を使用。

俺の演算能力では、半径数百メートルほどが限界なのだが、その範囲内には、人間や小動物ぐらいしか生き物の反応がない。

『見つからない……間違いであればいいが、天使の感覚を信じないわけにもいかないか』

魔界の外に魔族が出ているというのは大問題だ。

魔界でいくら暴れようが死ぬのは軍人、あるいは冒険者だけ。だが、街中で戦闘になれば民間人に多数の被害が出る。

先日、魔族に堕《お》ちたフライハルト侯爵との戦いを思い出す。下手をしなくても街の一つや二つ簡単に吹き飛ぶだろう。

よりにもよって、タラリスの近くというのもまずい。タラリスは大事な財布だ。軍は金がなければ戦えない。

『警戒をしておこう。姉《ねえ》さんも頼む』

『もちろんよ。もしものときは私の力を使ってね』

姉さんが実体化するには、首飾りの宝珠を使うしかない。初めは七つあった宝珠も残り四つ。その宝珠は世界に留《とど》まるためにも必要。もう、一つたりとも無駄にはできない。

『使わざるを得なくなるかもしれないな……残り、四つ。正直、焦るよ』

『大丈夫、なんとかなるよ』

『姉さんはいつも楽観的すぎる』

『そうでもないの。けっこうネガティブに考えちゃうタイプだし。でもね、ユウマちゃんを信じているの』

俺を信じてくれているか。

『なおさら、裏切れなくなったじゃないか』

今のところ、姉さんを世界に残すための研究は進んでいるとは言い難《にく》い状況だ。

俺と一つになったことで世界から弾《はじ》かれる力が弱くなったということぐらいしか進展がない。

問題を解決する足がかりだけでも欲しいところだ。

『あっ、それとね。今、エルっちと飲んでいるんだけど、なんか話があるから会いたいって』

『エルっち？　まさか、エルフラムのことを言っているのか』

エルフラム、それは俺の中に取り込んだ魔族の血、その残留思念とも呼べるもの。

『うんうん、エルフラムだからエルっちって呼んでるの』

『まるで、友達のように聞こえるんだが』

『友達じゃなくて親友。ユウマちゃんの中って暇だからね、だいたいエルっちと遊んでるの。ものすごく話が合うの』

俺の体内に宿るもの同士、そうなってもおかしくない。

一応、天使と魔族は天敵同士のはずなのだが……世界の守護機構と破壊機構が親友というのはおかしい。

その立場通りの関係になり、俺の中で争われるよりずっとマシなのだが。

『わかった、今夜会いにいくよ』

『うん、待ってる。ふふふ、ユウマちゃんの中なら、お洒落《しゃれ》し放題だからね。お姉《ねえ》ちゃんの艶姿《あですがた》、楽しみにしておいてね』

俺の精神世界であれば、俺の記憶にあるものはなんでも取り出せる。様々な衣装が使い放題だろう。

前にエルフラムと対面したときも、あいつはコタツを取り出し、大型テレビでプリズンブ○イクを鑑賞しようとしていたぐらいだし。

『楽しみにしておく』

◇

着飾った姉さんはいつも以上に綺麗《きれい》だろう。天使姿も素敵だが、違う格好も見てみたい。

タラリス到着直前に、馬車の中がカーテンで仕切られて男女に分かれた。そして、礼服を渡される。

重く肩がこりそうな服だ。学園の制服は洒落てはいるものの、実戦での仕様を考慮し動きやすく丈夫なものだがこれは完全に見た目だけに特化している。

着替えを直前にしてもらえたのはありがたい。

長旅の間、こんなものを着せられていれば気が滅入《めい》ってしまう。

全員が着替え終わり、ついでに従者によってメイクまで施されてからカーテンが開けられる。

「うわぁ、兄さん、とってもかっこいいですっ！」

「そうか？」

ファルが目をきらきらとさせて、弾んだ声を上げる。

「ファルは……ちょっと、背伸びしているように見えるかな」

「ですよね。……私もそう思います。早くこういうのが似合う大人の女性になりたいです」

礼服は軍人らしく、かなりきっちりとした作り。十四歳で可愛《かわい》い顔立ちのファルとはアンバランスだ。

それはそれで不思議な魅力があるとはいえ、似合っているとは言い難《にく》い。

「ファルくん、僕はどうかな」

「普通に似合ってますよ」

「……相変わらずつれないね」

たんたんとただ事実を告げるといった感じで、ファルのオスカへの興味の無さが窺《うかが》える。

オスカは俺との約束があるためファルに言い寄ることはできないが、ファルのことは諦めておらず、油断できない。

「キラルは怖いぐらい似合っているな」

「凛《りん》とした美人のキラルさんにはこういうかっちりした服と相性抜群なんですね」

「僕も同感かな。僕たちの誰よりも騎士らしい」

「照れるわね……でも、それって老けているってことじゃないかしら？」

「みんな素直に褒《ほ》めてるよ……それより、そろそろタラリスに入るみたいだ」

馬車が王都に負けず劣らず強固な外壁をぐりぬけ、第二の王都と呼ばれるタラリスに入る。

窓越しに町並みを眺める。

「久しぶりに見ましたが、綺麗《きれい》な街ですね」

「綺麗すぎて面白みがないがな」

王都はエネルギッシュで混沌《こんとん》とした街。冒険者も商人も貴族も僧も集まり、凄《すさ》まじい熱量を感じられた。多種多様な価値観があり、個性がぶつかりあっている。

だが、ここにあるものはすべてが整然として高貴。

ゴミひとつなくホームレスなどもいない、皆、身なりが綺麗。建物は一流の貴族派建築士が設計し、大理石や高級木材とされるスダキヤを使い芸術品としても通用するものばかり。

街全体が絵画のように作り物めいた美しさ。

それも当然だ。街の景観を守るため厳しく規制がされていた。

建物の高さや色、建築方式までも決められている。ここでは高貴なものと美しいものしか認めない。そして、高貴と美しい、この二つの定義も勝手に決められる。綺麗なだけで面白みがない。

「オスカはどう思う？　こういう街は好きそうだけど」

「僕は贅沢《ぜいたく》も美しいものも好きだよ……でも、戦いから逃げた豚どもの巣を好意的には見られないかな」

オスカの家は良くも悪くも正しい貴族を体現している。自分たちを特別な存在だと思っており、贅沢《ぜいたく》をし、権力を振るう。その一方で領地を守り、民を導き、国の危機には先頭に立って戦うという貴族の義務を果たす。

彼からすれば、命可愛《かわい》さに王都から逃げてタラリスに住んでいるという時点で軽蔑の対象なのだろう。

「それぐらいにしておきなさい。ギャラリーが集まってきたわ。そういう話を聞かれたら問題になるわよ」

キラルの言う通り、魔族殺しの新たな英雄を見ようと人々が集まってきた。

教官の指示で従者たちが窓を開く。大きめな窓のため、俺たちの姿が外からばっちり見える。

歓声が巻き起こり、俺たちはそれに応えるため手を振った。

こういうことをするために、わざわざ礼服に着替えてメイクまで施しているのだ。

スポンサーになってもらうには好感度を稼ぐしかない。好感度を稼ぐのに一番必要なものは見た目の良さ。実績はその次だ。

人間という生き物は外見が良ければ中身もいいと思いこむ。逆もまた然《しか》りだ。

幸い、俺たちは美男美女揃《ぞろ》い。

こういう仕事から逃げ出したくはあるが、ここで稼いだ好感度が遠征に必要な食料や衣料品、様々な物資になると思うと手が抜けない。

大通りを抜けて、軍の宿舎に入ってようやく作り笑いを消す。

「こういうのは久しぶりだ。少し、くたびれたな」

「おや、ユウマくんはこういう経験があるのかな？」

しまった、今のは前世の話だ。

なんとか、話をそらさないと。

そう思って、周りを見ると沈んだ表情のファルが視界に入った。

「ファル、どうかしたのか？」

「あっ、いえ、なんでもないです」

なんでもない態度ではない。

しかし、事情を話す気はなさそうだ。ファルから聞かないでくれという気配が伝わってくる。

無理やり聞くのは時間の無駄か。

しばらく注意深くファルを観察しよう。

兄として、妹を放っておくことはできない。

話したくなったら、いつでも聞いてやる準備をしておこう。

第六話：天使と魔族と

タラリスの兵舎に案内され、食事をした後は個室を用意してもらえた。

今日は約束があるので、早めに眠る。

そして、夢の中で目を開けた。

矛盾をしているようだが、明晰夢《めいせきむ》と魔術を応用した方法で、意識的に自らの精神世界にアクセスを可能とする手法。

精神世界に入った。まずは自分という存在を定義し、存在確度を上げていくと、無から俺の姿がにじみ出てきて、さらに存在確度を上げることで五感を得られて。これで現実世界と同じように振る舞える。

「招待されているな」

意識体が引き寄せられる。それに抗《あらが》わず流れに従い移動する。

目に入った扉を開いた。

そこは六畳の部屋で、俺が前世で使っていた場所。

その部屋の中央にはコタツがあり、二人の少女がいた。

ひとりは中性的な容姿にもかかわらず蠱惑的《こわくてき》な美しさを兼ね備えた褐色の少女。背中にはこれみよがしに悪魔の皮膜じみた翼がある。

もう一人は純白の翼を持つ天使にして絶世の美少女。

魔族エルフラムと天使イノリ。相容《あいい》れないはずの二人が同じコタツに入り仲良さそうに談笑していた。

突っ込みどころは他にもある。

二人の格好だ。エルフラムはどてらを着込み、姉《ねえ》さんは浴衣だ。

「その格好はなんなんだ……」

「僕の？　この格好、とっても楽なんだ。ふっふっふっ、限界までクーラーで気温を下げて、ドテラを着込んでコタツでハーゲンダッツ。これが最高なんだって気付いたのだよ」

魔族がたどり着いた結論が、あまりにも所帯じみている。

悔しいことに、それは悪魔的な発想で俺もやってみたいと考えてしまった。

「ユウマちゃんはこっちじゃ和服なんてぜんぜん見ないでしょ？　悩殺するには洋服よりこっちかなって。どう、日本を思い出すでしょ。和のエッセンスよ」

コタツから抜け出し、姉さんがターンをする。

浴衣と言っても現代風のもので、しっかりと体形がでるタイプだ。

通常の浴衣はくびれを消すためにタオルなどを巻きつけて、その上から帯を巻くのだが、こちらは素直に体のラインを出す。

そのせいで、コスプレのように見えなくもないがしっかりと似合っている。

本人は和うんぬん言っているが、そんな浴衣と銀髪のせいで和の要素なんて微塵《みじん》も感じない。

「懐かしいかどうかはおいといて、可愛《かわい》い。よく似合ってる」

「ユウマちゃん、大好きっ」

姉《ねえ》さんが抱きしめてくる。

「精神世界じゃ問題なく触れるのか」

「精神体も霊体も同じようなもんだしね。ねえ、ユウマちゃん。このまま目を覚まさないで、こっちで一生暮らそうよ。そしたら、お姉ちゃんに触り放題だよ」

「……夢の中の生活に誘い込んで一生離さないなんて、まるで悪霊だな」

「お姉ちゃんに悪霊だなんてひどい」

夢の中に閉じ込めようとした姉さんに言われたくない。

「それで、エルフラム。どうして俺を呼んだんだ？」

「エルっちでいいよ」

「姉さんほど、おまえに気を許せない」

「うん、それでいいと思うよ。今は君をどうこうする気はないけど、隙を見せられたら、ノリと勢いでやっちゃうから。いうて、魔族だし、しかも悪魔属性」

どてらを着て、コタツでハーゲンダッツを頬張《ほおば》ろうと魔族は魔族だ。

「そのときはエルっちと戦争ね。お姉《ねえ》ちゃん、ユウマちゃんのために頑張るから」

「ええ、それはやだなー。いのりんは親友だよ。ねえねえ、いのりん。僕と組んでこいつの体乗っ取ろうぜ」

姉さんはどうやらいのりんと呼ばれているらしい。

「ごめんね、私は友情よりユウマちゃんを取っちゃう」

「じゃあ、おとなしくするしかないかー。この二人が相手だと、消滅待ったなしだし」

「いい加減、本題に入ってくれ」

姉さん一人でもペースをもっていかれるのに、エルフラムまで便乗したら手のつけようがない。

「はいはい。じゃあ、本題に入ろう。いのりんが消滅しない方法について、僕からアドバイスできることがいろいろあるから教えてあげる」

予想をしていたとはいえ、あまりにも都合が良すぎて身構えてしまう。

「魔族がなんのために力を貸してくれるんだ？」

「前も言ったでしょ。僕は君の記憶を楽しんでいる。異界の文化、これが実に興味深い。百年ぐらいは遊んでたい。けど、君さ。いのりんなしじゃ、数年で死ぬよ。僕としては死ぬのはもうちょっと待ってほしい」

「……俺が死ぬか。その理由は」

「中途半端な強さのくせに英雄になった。人類の矢面に君は立たされるわけだけど、天使なしじゃあっという間に殺される」

「俺は姉さんの力なしに、魔族を倒した」

「うん、見てた。でも、所詮一対一ならぎりぎり勝てる程度でしょ？　僕たち魔族だってチーム組むよ？　危険だと思えば、物量で君を叩《たた》き潰《つぶ》す。君さ、魔力量カスでしょ？　物量に任せた波状攻撃とか苦手じゃない？」

「魔族がそんなふうに知恵を使うものなのか？」

「うん、もちろん。僕は君のことを尊敬すらしてる。こんなちっぽけな存在が、僕らの領域までよくぞ足を踏み入れたってね……でも、君の強さって所詮、刹那への圧縮なんだよね」

俺の強さの表現として、それは極めて正しい。

魔力量が低いからこそ、ありとあらゆる手で瞬間的な出力を上げ、それを収束させることで一瞬の最強を手に入れた。

それはただでさえ少ない魔力を一気に吐き出すということであり、即座にガス欠へと繋《つな》がる諸刃《もろは》の剣でもある。

大軍勢による波状攻撃など悪夢に近い。

例外的な魔力総量の増加である魔族の血も、体への負担が大きく、長期決戦の備えにはならない。

「たしかに、そうだな。そういう状況は望ましくない」

「だから、いのりんの力をもっと気軽に使えるようにならないとね。じゃあ、一番簡単にいのりんが世界に留《とど》まれる方法を今から言うよ、しっかりメモってね」

とるるるるるうるっと、わざわざ口で言うのがとても鬱陶しい。

我慢しながら、続きを待つ。

「いのりんが天使をやめて、魔族になってしまえばいいのだよ少年」

「可能なのか、そんなことが」

「僕には無理。でも、君にならできるんじゃない？　いうて、魔族と天使って同じ存在の裏表。魔族なら世界から弾《はじ》かれることもないよ。だって、ここは神様が捨てた世界だから」

その発想は存在しなかった。

全力で思考し、思案し、思索していく。

天使と魔族のサンプルは目の前にある。体で感じている。

ありとあらゆる禁呪、秘術、それらを思い返し可能性を検討していく。

「ひどく難しい」

「へえ、できないじゃなくて難しいって君は言うんだ」

そう、俺はそれが可能だと思っている。

もちろん越えないといけない技術ハードルは山程あった。問題は技術だけじゃなく、こちらの世界で手に入る確証がない触媒がいくつも必要なこと。

逆に言えば、それらをクリアすればできる。

「感謝する。姉《ねえ》さんを留めるための道が見えた」

もっとも価値があるのは発想そのもの。

努力とは、正しい方向に行ってこそ意味がある。

最初の一歩を知ることができたのはとても大きい。

「うんうん感謝は大事だね。これで君は僕に借りを作った」

その言葉を受け入れた瞬間、魂が鎖で繋がれるイメージが脳裏に浮かぶ。

魔族に借りを作ることはけっして軽い事実ではない。正式な契約として魂に刻まれた。

こうなることはわかっていたので慌てはしない。

「君さ、僕がこうするのわかってたでしょ。情報を引き出しつつ、契約から逃げる方法、いくらでも君は知っている。副作用・反動の踏み倒しは君の得意分野。なのに、どうして受け入れたんだい？」

「世界でいちばん大切な人を救うための情報、その対価をケチるなんてできるか」

「うわっ、魔術士っぽくないセリフ。誰よりも魔術士な君から、そういうの聞けるとはね。

やっぱり、君は男の子だ。ちょっと気に入っちゃった……しょうがないね、興が乗った。

今度から、もっと僕の血の力を使っていいよ」

信じられないことに、エルフラムの浮かべる笑みには邪気がなかった。

姉《ねえ》さんが俺とエルフラム、それぞれの手を握る。

「ありがとね、エルっち。ユウマちゃん。なんとか私も恩返しできるようにがんばるよ」

「僕といのりんの仲じゃないか」

「姉さんのためだったらなんでもするさ」

懸念すべきは天使の力を失うこと……それ以上に姉さんが倒すべき魔族となってしまう
こと。

前者については大きな問題とは思えない。天使の力を失う代わりに魔族としての力を得る。

後者については隠蔽・偽装系の魔術をいくつかピックアップし改良しておいたほうがいいだろう。

そして、姉さんを魔族にするということ自体がエルフラムの罠《わな》である可能性は常に考慮しておかねばならない。

どれだけ、人当たりが良くても魔族なのは変わらない。

善人や悪人というのは関係なく、世界を滅ぼすために生み出された生き物だ。

「僕の用事はおしまい。じゃあ、酒を片手に桃鉄《ももてつ》三十年プレイしようぜっ！」

「いいね、それ。ユウマちゃんにお姉ちゃんの威厳を見せつけてあげるよ」

「……一応、俺は忙しい立場なんだが」

桃鉄三十年プレイとか、どれだけ暇人プレイだよ。

この魔族、今日の格好といい、これといい。

エルフラムは放っておけばどこまでも引きこもりスキルを上げていくだろう。

第七話：兄として

タラリスに来てから四日目になっていた。

その間、空き時間を見つけては姉《ねえ》さんを魔族にするための儀式・魔術の開発に勤《いそ》しんでいる。

とはいえ、その空き時間というのが少なく、もっぱら並列思考を使っての開発だが。

「……もう、うんざりしてきました」

ファルがそういう愚痴を言うのは珍しい。

オスカとキラルは別行動なので、馬車にいるのはファルと従者、それに引率の教官だ。

別行動をしているのは、そうしないとこなせないほどのノルマがあるからだ。

英雄の挨拶回り、その対象は多い。

本当に、ファルたちを引き込んでおいてよかった。俺一人で全部回っていたら気がおかしくなっていただろう。

二人でいれば、精神的負担が軽くなるし、二グループにわけたので回るのも半分で済む。

そろそろ目的地に到着するので、従者が俺たちをメイクし始めた。

「もう少しの我慢だ。明日の受勲式が終わったら帰れる。パーティは次で最後だしな」

「それを聞いてほっとしました。パーティは苦手です」

俺たちの仕事は、スポンサー候補である主要貴族たちへの挨拶回り。

頼んでもないのにほとんどの貴族はわざわざパーティを開き、恩着せがましい態度をとってくる。

パーティを開くのは周囲への自慢、英雄が訪ねてくる立場だと周囲に知らしめるため。国内外の人間が、英雄を見ようと受勲式に合わせて集まって来ているので、そういう見栄を刺激する。

ついでに、俺やファルを自らの血筋へと取り込もうと娘や息子を紹介してくる者も多くうんざりしてくる。

別行動のオスカやキラルも似たようなものだろう……いや、オスカの場合は身分が高すぎてそんな真似《まね》はできないか。

公爵家の次期当主に婚姻話を持ち込むなんて下手をしなくてもクビが飛ぶ。物理的なほうでも。

ファルの様子を窺《うかが》う。

疲労は溜《た》まっているが、初日に見せた陰は消えた。

未《いま》だに、あの日、何を見たのかを教えてくれない。

「心配ごとがあったらなんでも相談してくれ」

「そんなのないですよ。兄さんは心配性ですね」

ファルの笑顔がどこか作り物に見えるのは気の所為《せい》だろうか？

◇

最後の挨拶回り、レキニア侯爵家。

建国記に名前が載るような超名門貴族。四大公爵家に次ぐ地位で貴族の中と貴族と言われているが、それは彼らの先祖の話。

オスカの家とは違い、悪い意味での貴族らしい貴族。

贅《ぜい》を凝らしたパーティはきらびやかだが、主催者の自己顕示欲が前面に出すぎており品が良くない。

主催者がそれだから、集まる貴族もそういう輩《やから》ばかり。

今日までいくつものパーティに参加させられたがこれは極め付きだ。

ファルから離れないようにする。

ここは危ない。

俺たちはスポンサーを募る立場であり、立場が弱く、強く拒絶できない。

ちょっかいを出してくる貴族たちを躱《かわ》すなんて器用なことをファルができるとは思えない。そばにいないと不安だ。

貴族たちと談笑しながら、ファルへのセクハラを事前に防いでいく。

中年貴族がファルの尻に手を伸ばそうとするのでファルの手を引き、そいつとの間に割り込みブロック。

むすっとした顔をしているが文句は言えない。

「モンタール卿、私たちはそろそろ」

会話を打ち切り、離れる。

すると、すぐに別の貴族に捕まる。

「君たちがレオニールの天才兄妹《きょうだい》かね！　いや、噂《うわさ》以上だ。二人とも見目麗しい。その上、魔術、勉学、武勇、すべて揃《そろ》っているとは羨《うらや》ましい限りだよ。足りないのは家柄ぐらいかな」

気を引き締める。

彼はこのパーティの主催者レキニア侯爵だ。

ひょろっとしているのに、皮膚が脂ぎっている。四十過ぎのはずだが、実年齢以上に老けて見えた。

どこか笑顔がうさんくさい。あまり、信用できないタイプの人間だ。

「この度は素敵なパーティにお招きいただきありがとうございます」

「いやいや、感謝するのは私のほうさ。君たちには興味があったんだ。とくに、ファルシータ・レオニール。君にはね」

人を見るというより、商品の品定めをするような目だ。

「うん、とっても可愛《かわい》いね。ねえ、我が息子の妻になる気はないかい？　きっと、君が想像もできないような贅沢《ぜいたく》ができる。なんなら、僕の愛人でもいいよ」

またか……もううんざりだ。その感情を押し殺す。

貴族は本質的に強い魔力を持つ子供を欲しがる。そのためには優秀な母体が必要であり、見目麗しく、魔力に満ちたファルはかっこうの獲物に映るのだろう。

なおかつ、貴族社会において自慢できるコレクションでもある。

そういう目で見ているのが透けて見えた。

「まだ、妹にはそういうのは早いかと。それに、彼女には婚約者がいますから」

建前を告げる。

一応、レオニール伯爵に協力してもらい、婚約者がいる風を装っている。虫除《むしよ》けのためだ。

貴族社会で婚姻は政治的要素があり、相手を隠すことは不自然ではない。当主であるレオニール伯爵が婚約者がいると言えば、いることになる。

「そのことは知っているよ。でも、私のところに来る以上の幸せはないと思うがね。君もそうだろう、レオニール伯爵家の次期当主。彼女がうちに嫁げば、レオニール伯爵家は安泰だ」

レオニール伯爵家には無数の特許があるし、義父《ちち》の性格はあれだが功績は文句なく上げている。

めんどくさがりで資産管理がずさん、研究のためなら金を湯水のようにつぎ込む性格のせいで金がないことは事実。贅沢はできない。

とはいえ、娘を差し出さないといけないほど困窮しているわけでもない。

第一、そういうのが目的ならオスカに任せたほうがマシだ。あいつの家は四大公爵家なのだから。

「そういった話は当主である義父にお願いします。私では決めかねますから」

面倒なので、レオニール伯爵に押し付けてしまう。

貴族社会において当主の決定は絶対だ。

レオニール伯爵なら、のらりくらいとうまく躱《かわ》してくれるだろう。

こういう躱し方を各所で行っているので、近い内に問い合わせが殺到するかもしれない。

まあ、たまには義父《ちち》も苦労したほうがいい。

日頃、義父には面倒な案件を山程押し付けられている。たまにはこちらから迷惑をかけてやろう。

「たしかにそれはそうだね。婚姻の話は、当主同士で話すべき案件だ。ファルシータ、君も幸せになりたいだろう？　レオニール伯爵に話をしておいてくれ」

「あはは、その、考えてみますね」

ファルが苦笑いをしつつ俺の後ろに隠れた。

そのあとは世間話になり、俺は適当に彼を煽《おだ》てる。

これはもう英雄ではなく、営業担当がやる接待に近い。

フライハルト侯爵はこんな立場にしがみつきたかったのかと考えると、苦い想《おも》いがこみ上げる。

そろそろ会話を切り上げようと決めた。

ファルの顔が青い、休ませてあげないと。

俺に集まるのは好奇の目だが、ファルには下卑た視線も集まる。

精神的にかなり辛《つら》いだろう。

そんなときだった。人並みをかき分けて息を弾ませた中年が突進してくる。

ファルの顔がひきつった。

その顔は、初日に見せた不安と寂しさが入り混じった顔。満面の笑みを浮かべる男とは対照的だ。

「おうっ、ファルシータ！　父は鼻が高いぞ」

そう言った男はファルと同じ、柔かな金色の髪を持ち、少し童顔だが整った顔をしていた。

その反面で心労による皺《しわ》が顔に刻まれている。

ひと目見て、あれがファルの父親だとわかってしまった。

おそらく、あの日に民衆の中に父の姿を見てファルは動揺していたのだ。

「父？　どういうことかねフォセット子爵」

「ファルシータは我が娘なのです。レオニール伯爵家には修業で出しておりました」

「ほうっ、そうかそうか」

とたんに、レキニア侯爵が上機嫌になる。そして、舌舐《したな》めずりでもしそうな勢いでファルを見る。

言葉にしなくともわかる。ファルが手に入る。そう思っているのだ。

「フォセット子爵のことを私は随分前から目にかけていた。君は有能だ。だが、その能力に見合うだけの領地も財も持たない。そのことにずっと胸を痛めていたのだよ」

「ありがたきお言葉」

靴でも舐《な》めろと言えば、すぐにそうするであろう勢いでファルの父は頭を下げる。

「とはいえ、特定の貴族を優遇すれば派閥の皆に申し訳ない……だが、親類であれば話は別だと思わないか？　彼女は家柄こそ足りないが、その魔力量、美しさ、功績はレキニア侯爵家にふさわしい」

「そのとおりでございます。すぐにでもファルを連れ戻し、この良縁を結びたい所存です」

俺はシニカルな笑いを隠しきれなかった。

娘の前で、平然と人身売買の商談をするのか。

妻に媚《こび》を売るためにファルを売ったくせに、娘が成果を出して商品価値が出た途端、なんの罪悪感も持たずに父親面。ファルは口にしないが売られたことがトラウマになっている。

今でこそ落ち着いているが、昔は何度も俺の胸の中で捨てられたと泣いた。

それほど深く傷ついた。

なのに、もう一度ファルを売ろうとしているのだ。

吐き気がする。

横目でファルを見ると泣きそうな顔をしていた。……それで覚悟を決める。

「すみません、フォセット子爵。ファルは俺の妹であり、今やレオニール伯爵家の娘。もはや、あなたとは無関係。父親面はやめていただきたい」

これは背信行為だ。

俺の仕事は英雄という看板を背負い、スポンサーを集めること。

彼らに媚を売らないといけない。

俺がここで感情を優先すれば、寄付が得られず、前線に届くはずだった食料や衣料品、様々な物資が届かなくなる。それが原因で何人もの命が散るかもしれない。

いや、それどころか遠征自体が資金不足でできなくなるかもしれない。

魔族を減らさなければ、世界が魔界に飲み込まれるという瀬戸際なのに。

これらのことはすべて理解している。

その上で、俺は仕事を放棄した。

妹を、ファルを売ってまでこの国に尽くす義理はない。

「なんのつもりだ。私の娘を私がどうしようと勝手だろう」

「ファルを捨てたあんたに、そんなことを言う資格はない。ファルを売らせはしない。俺は兄として、この子の家族として、ファルを守る」

ファルの手を引いて歩き出す。

彼らに背を向けた。

「あっ、あの、兄さん、いいんですか？」

ファルもまた、これがどういう結果を及ぼすか気付いている。

「ああ、いいんだ。それより、すまない。父親と再会できたのに。俺のせいで」

ファルが目を丸くする。

それから微笑《ほほえ》んだ。

「いえ、いいんです。今の家族は兄さんですから」

後ろから声が聞こえる。

レキニア侯爵がファルの父を怒鳴りつけている。

振り向くとファルの父が恨みがましそうにこちらを見ていた。

彼はファルのことを諦めてはいないだろう。

……フォセット子爵家について調べてみよう。

ファルを売るような人間性は昔からだが、いくらなんでもさっきのは無茶《むちゃ》をしすぎだ。

養子に出した家の意向を無視するなんて貴族社会では考えられない。

よほど切羽詰まっているのかもしれない。

（この肩書があればなんとかなるか）

英雄という看板は宣伝にも使えるが、他にも様々な用途に利用できる。

手に入らないはずの情報だって得られる。憧れを向ける貴族を少々説得して、口を割らせればいい。

ただ、懸念があるとすれば、ファルにとってこれで良かったのかどうかだ。

どんなクズだろうが、彼はファルの家族だ。

俺は物心ついたときから孤児で、血縁に対する感情が理解できない。

血の縁とは俺が思うより、ずっと強く、これだけの仕打ちを受けてもあの父の元へ帰りたいと思っているのかもしれない。

もし、ファルがそれを望めば、その望みを叶《かな》えつつ、ファルが幸せになれるよう力を貸そう。……寂しくなるが、ファルのためなら俺は我慢できる。

第八話：大人の事情と英雄の誕生

今日は昼に勲章の授与があるのだが、早朝から教官と学園長に呼び出しを受けていた。

学園長が苦い顔をしていた。

「君はもう少し、利に聡《さと》いと思っていたのだがね。年相応の部分もあるようだ」

昨日、俺はレキニア侯爵を怒らせてしまった。

ファルを息子の婚約者にしようとした彼を拒絶、さらにはファルの父に喧嘩《けんか》を売ったのだ。

寄付を募る宣伝塔としては、明らかな失態。

「レキニア侯爵が嫌がらせをしてきたのでしょうか？」

「そうだ。クレームを入れ、さらには自身の派閥に寄付をやめるよう呼びかけ、その上組織だって君の悪評を流している」

「私たちではなく、私のですか」

「そうだ」

貴族社会というのは狭い。とくに、タラリスは歪《いびつ》な村社会であり、同調圧力が強い。

こういった形での報復は予測していた。

そして、英雄たちではなく俺個人を攻撃するということは、まだファルのことを諦めてはいないのだろう。

俺の存在が不快でも、ファルに付属する英雄の看板の価値を貶《おと》めたくはない。それはいずれ己が手に入れるものだからだ。

それであれば、最悪ではない。英雄としての活動自体を邪魔することは考えにくい。

「何か弁明はあるかね？」

「ありません」

「ふむ……いろいろと言いたいことはあるが。これだけは真摯に答えてもらいたい。後悔しているかね？」

「いいえ」

真摯に答えろと言われたため、そのとおりにした。

ファルを守ったことを後悔などするものか。

やり直せたとしても同じ行動をするし、後悔するぐらいなら最初からやっていない。

どんな処罰も受けるつもりだ。

重苦しい沈黙。それを破ったのは学園長だ。

「そうか。ならばいい。行きたまえ」

「お咎《とが》めなしでいいのでしょうか？」

「いいも何も、君は人として間違ったことはしていない。君が何も見えていない馬鹿であれば怒りもしよう。君は状況を理解し、己が不利益を被《こうむ》ることまでわかった上で妹を守るために行動したのだ。……私は教育者なのだよ。称賛こそすれど、咎めるものか。今回の件では我々は不利益を被った。だが、生徒のケツを拭うのも私たちの仕事なのだ」

「……ありがとうございます」

一礼をしてこの場を去る。

本当の意味での教育者、その姿を見た気がする。

◇

大観衆の中、受勲式はつつがなく行われていく。

タラリスは第二王都ということもあり、式典用の施設が用意されており、国内外の名士が集められていた。

招待された者以外も、新たな英雄の顔を見ようと会場は超満員。

そんな中、英雄フライハルト侯爵の死を発表、強大な魔族の脅威を伝え、そんな魔族すら凌駕《りょうが》する強さを持つ若い才能が現れたと大げさに褒《ほ》め称《たた》えた。

本来、英雄の死を喧伝《けんでん》するのはありえない。

それは不安と恐れを呼ぶ。

だが、今回は違う。英雄すら殺す魔族を倒す、以前の英雄よりも遥《はる》かに強いと印象づける演出に繋《つな》がる。

俺たちが学生であり伸びしろがあること、さらに言えば見目麗しいというのも都合がいい。

強さと容姿に関連はない。それでもなお、人は英雄に完璧さを求め、その完璧さに見目の良さも含まれるのだ。

俺を含めた英雄四人が王の前に跪《ひざまず》いた。

受勲式のために、わざわざ王都から王が駆けつけた。その傍らには姫が寄り添っている。

王家の血筋にのみ顕現する紫色の髪をした少女。

噂《うわさ》で聞いていた通り、いや噂以上に美しい。

リファナ姫。まだ十代半ばでありながら、世界三大美姫《びき》に数えられている。彼女を用意したのもまた演出のため。

そんな彼女と目が合う。俺に向けて微笑《ほほえ》んだ。

（いや、気のせいだ）

俺に微笑《ほほえ》んだのではなく、ここにいる全員へ微笑んだのだ。

美姫《びき》の笑顔を見たギャラリーたちが熱をあげている。

一人一人、名前が呼ばれ王家の紋章が入った魔法銀の短剣が渡された。

聖銀剣勲章。勲章の中でも、最高位のもの。俺たちのような若造が与えられることなど本来ありえないことで、どよめきが起こった。

ファルとキラルの受け取る仕草がぎこちない。儀礼用の作法を練習してきたとはいえ、緊張が隠しきれていない。

それでも、無事に全員が短剣を受け取り終えると大歓声が上がった。そこには悪評の陰は見えない。

（レキニア侯爵が悪評を流した効果は薄かったか）

こういう式典だからというのもあるが、あまり悪意を感じない。

レキニア侯爵には、俺の悪評を流しているのと同時に、俺が仕掛けたカウンターの効果も出ている。

それは、別ルートからの噂《うわさ》。それは、レキニア侯爵がファルに婚約話を蹴られた腹いせに嫌がらせをしているというもの。

俺はこちらでの研究資金を集めるために、少々きな臭い商売をしている。それによって一部の有力者と繋《つな》がっていたのだ。

そいつを使い、噂には噂で対抗させてもらった。

レキニア侯爵自身の評判はもともとあまりよろしくない。そして、俺のほうは王が直々に勲章を渡されている。

どちらを信じるかと言えば、後者に分があるようだ。

（だが、それは結果論。あの場でそこまで計算したわけじゃない。それに……あいつに借りを作ったのは問題だ）

あの男も受勲式に参列しているはずだ。

歓声に応え、ギャラリーに手を振っていると、協力者と目が合った。

ニヒルな笑みを浮かべている。

言葉をかわさなくても奴《やつ》が言いたいことはわかった。この借り、いつか返してもらう。

高くついたが仕方ない。

あとは、どれだけ今回のイベントで寄付金を集められるかだが、それは軍部と王族たちに任せよう。

英雄《ぐうぞう》として、できることはもうないのだから。

◇

タラリスでの出番は終わり。

もう、挨拶回りの予定もなくゆっくりと今日は羽を休めて、明日の早朝に出発する。

教官は軍資金にしろと言いつつ、タラリスの観光をしてもいいと、ここ数日の日当が支払われた。

ただ、観光をするつもりはない。

昼の受勲式で顔が売れている。それもあんな煽《あお》り方をされたのだからミーハーなファンが溢《あふ》れ、外に出ようものなら取り囲まれて観光どころではないだろう。

「じゃあ、僕は街に出てくるよ」

「タラリスの街は気に食わないんじゃなかったのか？」

「それはそれ、これはこれだよ。嫌いな街だからこそ、こういうときにしか来ない。このチャンスを無駄にはできないからね」

なんでも、趣味である食器収集を行うらしい。

身分の高い者が集まる街には相応の品が集まる。王都でも手に入らない逸品が売られているとのことだ。

もちろん、オスカが欲しがるグレードのものを日当で買うことはできない。莫大《ばくだい》なポケットマネーで購入するつもりらしい。

「ファルとキラルはどうするんだ」

「わっ、私は、その、ちょっと、自室で予習をしておこうかと」

ファルの様子は不自然。

その態度は、ここ数日の隠し事と同じ態度、十中八九、父親絡みで何かあった。

気にはなるが、ファルが隠したがっているのだから問いただす気はない。

「キラルのほうはどうだ？」

「私は中庭で自主練をしようと思ってるの。意識的に身体能力強化を全力で行う訓練、その成果が出始めてきて楽しくて仕方ないのよ」

キラルは身体能力強化魔術を高次元で使える才能を持ちながら、無意識でセーブしていた。

それを俺が先日指摘した。気付けても、セーブするのは本能的な恐怖ゆえであり、全力を出せるまでに時間がかかると思っていたのだが……。この調子だとあっという間にものにしそうだ。

「いい傾向だが、無茶《むちゃ》をするときこそ勇気をもって慎重にな」

「矛盾していないかしら？」

「いや、無茶をするときこそ、注意深く、保険をかけないとだめだ。いいか、本能がセーブしていたのは伊達《だて》や酔狂じゃない。危険だからこそだ。そのことを忘れるな。無謀は何も見えず考えない馬鹿がすること、勇気は恐怖を知った上で、それでも思考し、対策し、前へ進む覚悟を言う」

その違いがわからなければ、先にあるのは破滅だ。必ずどこかで道を踏み外す。

「いい言葉ね。胸に刻んだわ。では、私は行くわね。ユウマはどうするのかしら？」

「俺は少々調べ物があって、ここに残るよ」

「残念ね、訓練に付き合ってほしかったのに」

「僕もそろそろ出るよ。君たち、土産を期待しておきたまえ」

キラルとオスカが宿舎のラウンジを出ていく。

「では、私も御暇《おいとま》します」

ファルも二階にある部屋に戻っていき、一人になる。

それを見計らって、姉《ねえ》さんが出てきた。

わざとらしく肩を回しているが、天使なので肩が凝ることはありえない。

「ねえねえ、ファルちゃんのこと放っておいていいの？　どう見ても、手紙を受け取ってから様子がおかしいよね」

受勲式から帰ってくると、ファル宛の手紙が届いてた。

ファルはそれを見て、青い顔をして手紙を隠し、その内容を話すことはなかった。

「気付いているし、気にしているさ。自室で予習をすると言いながら、今窓から抜け出した。わざわざ、俺が教えた隠密《おんみつ》系の魔術を使いながらな」

これはただ事じゃない。

「隠密系魔術で気配を隠しているのに、どうして気付けるのかな？」

「それはまあ、隠密系魔術の落とし穴をファルにまだ教えてないからな」

「ファルちゃんもまだまだ甘いよね。見えていたのが見えなくなれば、その事実で何があったか気付けるのに」

俺は用心のために自らの拠点には必ず感知系の結界を用意する。

とくに今回は姉さんが道中で魔族の気配を感じ取ったということもあり、念入りに行っている。

弟子であるファルはその存在を知っていた。

だからこそ、隠密系魔術を使って結界を騙《だま》して窓から飛び出した。

だが、姉《ねえ》さんの言う通り、結界内で今まで捕捉できていたものが見えなくなれば異常に気付く。

ファルの弱点が出ている、素直で先入観なく俺の技術をスポンジのように受け入れる。

その反面、応用が利かない。

「追いかけるの？」

「そのつもりだ」

「あれ、さっき内心で問いただす気がないとか、考えてなかった？」

「問いただしはしない。だが、知ってはおく」

そして、知っていることをファルに気付かせはしない。

それが兄として、いや俺が心配だからこそ彼女のためにやっておくべきことだ。

「結構変態チックなところあるよね」

「こういうやり方は姉さんを真似《まね》ているんだが」

「うっ、そう言われるとそうかも」

姉さんも、俺がしたようなことをしていた。

俺は姉さん相手には強がって、弱いところを隠す。

姉さんはにこにこと笑いながら、俺の知らないところでしっかりと情報収集をする。

その上で、俺が自分の力で頑張らないといけないときは見守り、そうでないときはさり気なく手を伸ばす。

……そのからくりに気付いたときは気恥ずかしくて、情けなくて死にたくなった。でも、今は感謝しているんだ。

「というわけで、ファルを追いかけよう」

「私もがんばっちゃうよ。ファルちゃんは私の妹でもあるしね」

行き先の見当はつく。

少し調べただけで、ファルの実家であるフォセット子爵家の惨状は理解できた。

あの状況で、たかだかパーティで恥をかかされたぐらいでファルのことを諦めるとは思えない。

なにより、ファルは優しい子だ。おそらくは手紙に書いてあったのはフォセット子爵家の窮状を訴える内容だったのだろう。

俺たちが宿舎を出ようとしたとき、兵士たちがやってくる。

息が荒い。

「よっ、良かった。まだ、いらしゃった。ユーマ・レオニール殿、至急の用件があります」

こんなときに。

苛立《いらだ》ちが表に出そうになるのを隠す。

「なんでしょうか？」

「はっ、はい。その、やんごとなきお方が、あなたを訪ねてきたのです。奥の部屋でお待ちです」

「やんごとなきお方？　名前を言えないのですか？」

「申し訳ございません、言えません。ですが、どうしても会っていただきたい。でなければ、私のクビは確実に飛ぶでしょう」

それほどの身分を持つ相手。

レキニア侯爵が乗り込んで来たわけではないだろう。侯爵は高位の貴族ではあるが、ここまで過剰な反応はしない。

それに、そもそも名前を隠す理由がない。むしろ、彼ならば意気揚々と名乗るだろう。

「わかった、行こう」

そう言いつつ、姉《ねえ》さんへ念話を送る。

『ファルのことを任せていいか？　何かあったら呼んでくれ』

『ファルちゃんの感知範囲のギリギリ外から監視しとけばいいのね？』

『ああ、姉さんならできるだろ』

『まあね、任されたっ』

姉さんが扉をすり抜けて外へ行く。

そして、俺は兵について、そのやんごとなきお方のところへ向かう。そこは貴賓客用の応接間。兵舎の中でも、とくべつな相手でなければ使わない部屋。

ノックをして扉を開けた瞬間、度肝を抜かれた。

なるほど、たしかに兵があんな反応をするはずだ。

第九話：国の至宝と暗躍

そこにいたのは我が国の至宝。

光り輝く美貌、世界三大美姫《びき》が一人、リファナ姫。

そんな彼女が紅茶を飲みつつ微笑《ほほえ》んでいる。

こうして近くで見ると、世の男たちが彼女に熱をあげるのがわかる。ただ綺麗《きれい》なだけでなく、儚《はかな》く、守ってあげたいという情念がこみ上げてきた。

「お待ちしておりましたわ。どうぞ、お座りになってくださいな」

「では、遠慮なく」

俺が座ると、彼女の従者が紅茶を差し出してきた。

一見、ただの従者だが超一流の武人。流れる魔力と立ち振る舞いを見ればわかる。

(さて、どうしたものか)

手早く話を済ませてファルのところへ向かいたいが、こちらから話しかけることすらためらわれる相手だ。

相手が声をかけてくるのを待ちつつ、最低限の返事をするのが一番無難だろう。

「ふふっ、そんなに身構えないでくださいまし。私が訪ねてきた理由が気になるのですね。

あなたに興味がありまして、一度話をしてみたいと」

「それは光栄です」

　俺が社交辞令を返し、その後は雑談が始まる。

　五分ほど経《た》ったころ、リファナ姫はつまらなそうに嘆息する。

「……つまらない方ですね。終始無難な対応でさっさと送り返そうとするなんて、実に凡人らしい発想。英雄ならもっとがつがつしてほしいものです。目の前の美姫を手篭《てご》めにして、国を手中に納めようとするぐらいの気概はないのでしょうか？」

「申し訳ございません」

「謝らないでくださいませ。自信をなくしてしまいそうになりますの」

「自信？」

「私《わたくし》って美人ですの」

「そうでしょうね」

　姉《ねえ》さんと同じぐらい美人なんて初めて見た。ファルはとても魅力的だが、彼女の場合美人というより可愛《かわい》いという表現がよく似合う。

「私を見て発情しない男なんて初めて。そういう意味では面白いですわね。私と一発やりたいとは思いませんの？」

「思いますよ」

リファナ姫の余裕ぶった表情が固まって、奥に隠している素の彼女が見えた。

昔から、俺を利用しようとする輩《やから》とずっとやりあってきた。だからだろうか？　相手が演技やキャラ作りをしていてもすぐに見抜ける。

彼女の先程までの態度は演技だ。

リファナ姫が咳払《せきばら》いをする。

「ふふっ、そっ、そうでしょうっ、澄ました顔をして欲情しておりましたのね」

「リファナ姫は美しいですから。男として、そういう感情を持つのは当然では？　今のセリフ、誘っていると認識していいのでしょうか？」

「さっ、さそっ、あう、そっ、その、ちがっ」

「それで、そろそろ本題に入っていただきたいのですが……まさか、自分とやりたいかどうか聞くために、ここまで来られたのでしょうか？」

「そんなはずないでしょう！　って、フレデリカ、剣をしまいなさいっ」

リファナ姫が叫び、姫を侮辱したことで従者が剣を抜いていた。

「この無礼者を許すわけには！」

「私が、ああいうことを言ったから、乗ってくれたのです。悪いのは私ですの」

「かしこまりました」

　従者が剣を収めた。

（悪い癖がでた）

　無難に済ますつもりが、高慢で美貌を鼻にかける……そんなキャラを演じている姫がおかしくて、ついからかってしまった。

　たぶん、彼女の素顔は恥ずかしがり屋で引っ込み思案、それでいて責任感が強い。そんな子だ。

「……うっ、想定外ですの。私の誘惑でたじたじになったところで、一気に主導権をとって押し切るつもりでしたのに。私ばっかり、ぶるぶるして」

「いえ、私もいろんな意味で驚き、それなりに動揺しておりますよ？」

「そうは見せませんの。ごほんっ。もう小細工はやめます。単刀直入に言いますの。私の婚約者になりなさい」

「はあ？」

　思わず、素で聞き返してしまった。

「その反応、傷つきますわ。……御存知《ごぞんじ》の通り、王家は優秀な血を取り入れ、繁栄してきましたの。政略結婚は短期的には権力を強める効果があります。しかし、視野が狭まって緩やかな破滅に繋《つな》がります。ならばこそ、王家はただ優秀な血を外から求めてきました。あなたの血は王家に取り入れるのに値する」

理には適《かな》っている。

貴族社会という狭い世界で、同じ価値観の者同士が繋がっていけば、選民意識に凝り固まっていくのは明白。歴史がそれを証明している。

王族は、身分に関係なく優秀な血を取り入れてきた。俺のような英雄、芸術家、あるいは発明家などなど。

だからこそ、この国の頂点でありながら貴族至上主義に染まっていない。

効率的だからと魔界の隣に王都を作るなんて無茶《むちゃ》ができたのもそういう在り方のおかげだ。

「それは買いかぶりすぎでは」

「いえ、私の婚約者を殺したのですから彼より強い。知性のほうも我が国が誇る騎士学園に首席入学、しかもあのレオニール伯爵が絶賛しておりましたの。申し分ありません」

「恐縮です」

今のセリフで、フライハルト侯爵が魔族であるということを含めて真相を知っていることが明らかになる。

それなりに調べてからやってきたようだ。

「本当にラッキーでしたの。あと一年遅ければ、フライハルト侯爵と婚姻して、純血を捧《ささ》げなければなりませんでした……私、年下のほうが好きですの。おじさんはいやです」

たしか、彼女は俺より一つ年上。

いくら英雄相手とはいえ、かの英雄は四十近い。そんな相手との結婚を嫌がるのは無理もない。

「そうでしたか。ただ、リファナ姫には私よりもふさわしい方がいらっしゃると思いますよ」

「では、紹介してくださいな」

「たとえば、私と同じく英雄であり、見目麗しく、家柄も高貴な男がいます。名をオスカと」

スケープゴートに友人を差し出した。ただ、オスカもこの美姫《びき》であれば喜ぶだろう。ファルを狙う虫も消えて一石二鳥。

そして、これはリファナ姫のためでもある。

俺の強さは努力と研鑽《けんさん》の果てに得られた後天的なものがほとんど。生まれ持った才能はオスカのほうが上。

いい血が欲しいと言うのなら彼を選ぶべきだ。

「あら、ショックですの。私、振られてしまいましたわ。よよよっ」

わざとらしく泣き崩れる演技をする。

ちらちらと横目で見てくるのが鬱陶しい。

俺が釣《つ》られないのを見ると、何事もなかったかのように背筋を伸ばして再び口を開いた。

「ではこうしましょう。学園を卒業するまでの間、婚約者のフリをしてくださいな。それぐらいならいいでしょう?」

「どうして、そのようなことを頼むのでしょうか? あなたの権力があれば、いかようにもなるでしょう……そうしない、いやできない理由があるのか」

「当ててみてください」

「……失礼なことを言ってもよろしいでしょうか?」

「ええ、構いませんの」

「あなたは、結婚を嫌がり、偽りの婚約者を立てようとした。私を選んだのは、学生の間は結婚を先延ばしにするという建前が立つから。そして、オスカを選ばなかったのは、彼は婚約者として適役すぎるからだ。四大公爵家にして英雄。あとで婚約破棄など周囲が許さない、それどころか学生でも構わず婚姻を結ばせられる」

王族は身分に関係なく優れた血を取り入れてきたとはいえ、身分があるにこしたことがないのもまた事実。

俺はぎりぎり婚約者の資格を満たしているにすぎない。

周囲はそれほど関心を持たず、それどころかもっとふさわしいものが現れるかもしれないと消極的な反対をするだろう。

そういう俺の立場が、彼女にとって都合がいい。

そう考えるとすべての辻褄《つじつま》があう。

「王家の力を使わないのは、婚約者を探していると噂《うわさ》が立てば、わらわらと候補者を押し付けられるから……だから、秘密裏に動いて、自分の意思で選んだという体面が必要」

「そのとおりです。心の底から驚きました。ええ、私にはやるべきことがありますから、しばらく結婚したくありません」

「納得はしました……ですが、リファナ姫個人としての頼みであるなら、断らせていただきます。付き合う義理がない」

「……困りました。想定外ですの」

「王族としての依頼ではないと見抜かれたことがですか？」

「いえ、それは些末《さまつ》なこと。この私と婚約することを拒む男が、この世界に存在したなんて……あの、まさか、女に興味がないの？」

「違う」

年頃なので、それ相応の性欲がある。

そのせいで最近悩みがつきない。性欲は生理現象だからどうしようもないのだが、今は姉《ねえ》さんがそばにいる。

リンクを切ればいいのだが、姉さんは異様に鋭いところがある。性欲処理を理由にリンクを切れば、隠そうとしても気付く。それから、にやにやと笑って、わかってますよ感を出して別の部屋に行くのだ。

……あれは軽く死にたくなる。結果的に俺は我慢を強いられていた。

「本当に、本当に、私が欲しくありませんの？　契るのは許しませんが、ちょっとぐらいサービスしますわ」

「具体的には」

「あなたが一人でするところを見てあげたり、唾を吐いてあげるのはどうでしょう？　特別に踏んであげてもよろしいですよ」

それで喜ぶ男が見てみたい。

リファナ姫がもじもじして期待を込めた目で見てきた。

……冗談じゃなく本気なのか？

「お断りします」

「困りました。どうしましょう？」

「知りません。用件はそれで終わりでしょうか？　であるなら、帰っていただきたいのですが」

いくら、姉さんがついているとはいえ、ファルのことが気になる。

「仕方ないです。では、もので釣《つ》りましょう。私、あなたが欲しがっているものをあげられますのよ？　でも、ものがものだけに婚約するだけでは渡せません。もう一つ条件があります。タラリスを救ってほしいのです」

「この街を魔族が狙っているからでしょうか？」

「あら、知っていますの？　あなたには驚かされてばかりですの」

「俺の召喚獣が街の周辺で気配を感じ取った」

姉さんの忠告。

だからこそ、俺は警戒を続けている。

「……へえ、そう、英雄の召喚獣……天使が魔族の気配を感じ取ったのですね。とても残念です。いたずらという線が消えました」

「逆に言えば、いたずらに見えるような根拠で魔族を警戒していたと？」

「ええ、魔族から手紙が届いたのです。王家と、この街を治めるグスターギュ公爵のもとへ」

グスターギュ公爵とは、タラリスの街を含む広大な領地の主であり、四大公爵家の一角。王都を魔界の近くに移す際に、もっとも反発した人物であり、第二王都たるタラリスを作り上げた、いわば腐った貴族の親玉だ。

本来四大公爵家とは、この国で頂点の四貴族であり、共に王族に忠義を尽くす、貴族たちの模範であり、憧れ。だというのに、グスターギュ公爵家は裏切った。

タラリス以外の貴族からは、裏切り者として蛇蝎《だかつ》のように嫌われている。

「手紙の内容を聞いても？」

「魔物を引き連れてタラリスを襲うから、しっかりと準備をしておけと」

開いた口が塞がらなかった。

まったくもって意味がわからない。魔族の知能なら、人間の文字を使い手紙を書くことは不可能ではない。

しかし、能力うんぬん以前に、なぜそんな真似《まね》をするのかが理解できない。

「冗談にしか聞こえない。その手紙を王家やグスターギュ公爵は信じているのでしょうか？」

「王家は信じております。なにせ、神託でタラリスに災厄がくると予見しておりましたから。ですが、グスターギュ公爵は信じておりません。そして、王家……いえ、王都は彼らを見殺しにすると決めました」

不思議と王家には、必ず女性が生まれ、長女は巫女《みこ》としての力を持ち未来が見える。今代はリファナ姫がそれだ。

我が国では巫女が見た未来を神託と呼び、それを受け取れる巫女を崇《あが》めている。しかし、俺はそれを血統魔術の一種だと予想していた。

「見殺しにするのは、タラリスの平和ボケを直すためにでしょうか？」

王都は魔界にもっとも近い立地にあり、魔物と戦い続けてきた。だからこそ、肌で魔界の拡大と、増え続け、さらには強くなっている魔物の脅威を感じていた。

だから、王都に住む者には危機感がある。このままでは取り返しがつかなくなると感じている。

だが、魔界から遠く離れたタラリスにとっては他人事《ひとごと》。脅威を感じていないから、遠征費の供出も拒むし、兵力の提供もしない。

宣伝費を出させるために、英雄をこちらによこしてパレード紛《まが》いなんて真似をして、ようやくささやかな協力をしてくれる。

彼らの意識を変えるには、一度痛い目にあってもらうのが一番いい。

「それもありますが、それだけでもありませんの。私の神託はすべてが見えるわけじゃない。タラリスの災厄が見えたからといって、王都側に災厄がないとは限らない」

「魔族の狙いが王都で、タラリスへの襲撃が囮《おとり》だと考えているのですか？」

「それだと手紙を出したのも納得できるでしょう？　タラリスが非協力的なのも大きいのです。この街は強烈な自治権を持っていて、独自の騎士団があるから軍の助けなどいらないと突っぱねてくるのです……せいぜい、山賊やはぐれた魔物たちを倒したぐらいで大戦果と騒ぐ、そんなお遊び集団に魔族の侵攻が防げるわけがない」

ひどくくだらない事情。

そして、そんな馬鹿なと言えないあたり、この国の貴族たちは腐っている。

「優しいんだな、そんなバカを助けようとするなんて。痛い目にあって、目を覚ましてもらわなくてもいいのか？」

「痛い目で済むのなら放っておきますの……神託で見えたのは滅び。放っておけません。そのことはお父様も含めて、みんなに言った……でも、見殺しにするという決定は変わらなかった……王都の方々はタラリスを見下して、憎んでますから。いろいろと事情を話しましたが、これが一番厄介ですの」

王都は魔界に近いせいで、軍備が嵩《かさ》む。それらを提供するのは王都周辺に住む貴族たち。

この国のために戦い、血を流し、金と兵を差し出す。

だというのに、安全な場所でふんぞり返っているタラリスの連中のほうが豊か。戦いに金と人を浪費しないから領地の拡大と金儲《かねもう》けに勤《いそ》しめるおかげだ。

ゆえに、王都の貴族とタラリスの貴族は対立する。

王都の貴族は臆病者とタラリスの貴族をあざ笑い、タラリスの貴族はバカな貧乏人と王都の貴族をあざ笑う。

「その気持ちはわからなくもない……王都の貴族にとって、今回の件はさぞ痛快でしょう。魔界への遠征なんて無駄だと吐き捨て、命がけで魔界を広げまいと戦う軍をバカにしていた連中。奴《やつ》らが魔界から漏れ出た魔族と魔物に滅ぼされるんだから。自業自得だと笑いたくもなります」

「ええ、軍のトップにいるおじさまに面と向かって言われましたの……我らの誇りを踏みにじった豚どものために、兵に死ねと、死地に向かえなどと言えないと」

魔族が現れる戦場など、まさに死地。兵に死ねと言っているようなものだ。

それでも守るべき民のためなら命をかける。それが軍人の矜持《きょうじ》。

とはいえ、タラリスは完全な独立自治権を勝ち取り、好き勝手やっている。軍の管轄外、その上、こちらをバカにしているとなれば助ける気なんて起こらない。

又聞きの俺ですらいい気がしない、王都の首脳部連中なんて、なおさらだろう。

だいたい、事情はわかった。

「だから、学生の私にそれを頼むのですね。魔術学園に所属しているが正式な軍人ではない。私なら個人として動ける」

「お願いできませんか？」

戦うことは可能だろう。

しかし……こんなものは受け入れられない。

「学園に対して依頼をしてください。英雄であっても、私の所属は学園です」

「それができたら、やってますわ。言ったでしょう、王都はタラリスを憎んでいると、学園に圧力をかけて……いいえ、私の言葉は学園に届く前にかき消されてしまう」

「リファナ姫。……私に死ねと言っているのを理解しておりますか？　バックアップなしで単身で魔族に挑めとあなたは言っているのです。連携はとれない。背中から撃たれるかもしれない」

「でも、それでも」

こんなハンデ込みでも、俺なら……いや、俺とファルならなんとかできるかもしれない。

「問題はそれだけじゃない。仮にうまく彼らを救ったとしましょう……彼らはそれを認めない、むしろ作戦を妨害した、邪魔だった、自分たちの力だけで魔族など撃退できた。そう言うでしょうし、徹底的に私を糾弾し、裁く。私に救われたと、私がいなければ魔族に滅ぼされたと認めることは、今まで王都の貴族をバカなことをしているとあざ笑っていた、それが間違いだと認めることになる」

人間は理性では動かない、感情で動く。

今言った想定は、ほぼ確実に起こる。

ある意味、魔族以上に厄介だ。

俺と同じ想像を軍の首脳部もしているのだろう。だから、手を貸さない。リファナ姫の言う通り、彼らは感情で見殺しにすると決めたのだろうが、それだけではない。

バカにしてくる相手を命がけで救って、感謝されるどころか石を投げられることはわかりきっている。有り体に言って、助けてやるのはあほらしい。

「でも、あなたならうまくやれますわ」

「やれるかもしれない、でも駄目かもしれない。……割りに合わないのです。割りに合わないことをさせるのであれば、命令を。あなた個人としてではなく、王族として正式な命令系統を使った上で」

入念に準備をし、仕込みをすれば、彼女の言う通りうまくやれる可能性はある。

だが、なぜ俺がそこまで頑張らないといけない。

魔族を倒すことは、世界を守ることに繋《つな》がるとはいえ、タラリスで迎え撃つ必要はない。

タラリスの次に王都を狙ってくれれば、十分なバックアップを受け、軍との連携を持ち、安全に戦え、勝てば報奨と称賛が受けられる。

「割りに合わないなら、割りに合うようにしますわ。婚約と合わせて、この件を受け入れてくれるのであれば、報酬を渡すと私は言ったはず。……あなた、最近、魔術の触媒を集めようとしておりますわね。それも特級の」

天使を魔族に変性するための触媒を得ようと、四方八方に問い合わせている。

そのことを知られていることに驚きはない。

彼女がプロの諜報員《ちょうほういん》に俺の調査を依頼していれば、その動きに気付くだろうし、婚約の提案をするのだから、それぐらいの調査をしているだろう。

「それを譲ってもらえると？」

「特級品は市場に流れすらしないですから、苦労していますわよね？　協力してくださるなら、王家の蔵を開放します……貴重な品々がたくさんありますわ。そう、数千年の歴史と共に蓄積された宝が」

それはひどく魅力的だ。

触媒として必要とする代物は高価なだけでなく極めて希少。金があれば手に入るという代物じゃない。

王家の蔵であれば、俺が求めているものもあるかもしれない。

そして、それは他では手に入らない。

リファナ姫との偽装婚約。個人での魔族撃退。

どちらも極めてリスクが高い。それでもこのチャンスを逃せない。

姉《ねえ》さんに残された時間は少ない。

「質問があります。王族として動けないあなたが、どうやって王家の蔵を開けるのでしょうか？」

「私は神託の巫女《みこ》、王家の蔵、その鍵は巫女にこそ引き継がれるのです」

そういえば、王家の蔵は金銭ではなく、儀礼用な品々や貴重な資料が収められ、物理と魔術、二重の鍵で封印されていると本に記されていた。

であるなら、巫女がその管理をするのが道理か。

「あなたの思惑にのりましょう。偽りの婚約者となり、タラリスを狙う魔物を討ってみせます」

花が開くように、満面の笑みをリファナ姫が浮かべ、それからすぐに表情が暗くなる。

「うれしいけど……残念ですの」

「なぜでしょう?」

「ここで断ってくだされば、私は仕方なく、私の体を捧《ささ》げることを条件に追加できたのに」

どこまで本気かわからない。

それからしばらくして、リファナ姫との歓談は終わる。

少々面倒事を背負い込んでしまったが、これも姉《ねえ》さんのためだ。

なんとか、うまくやってみせよう。

だが、最後にもう一つ、いや二つだけ聞かないといけないことがある。

「今から言うのは推測です。最初に出した婚約話、あれはついででしょう。本命はタラリスを救うこと。いや、ついでどころかただの餌だ。婚約を受け入れていれば、その条件にタラリスを救えと言うための」

リファナ姫は答えない。ただ静かに笑っている。

推測と言ったが確信はある。

俺は感情がある程度読める。婚約話をしていたとき、彼女にいっさいの本気がなかった。

「タラリスを救う理由、あなたは滅びるのが忍びないと言った。だが、そこに込められた感情は強かった、同情みたいな弱い気持ちじゃない……それも個人としてじゃない、公人としての強い感情、あなたの立場なら王族の誇りでしょうか？　……救おうとするのが王族にとっては裏切り者の街、タラリスとグスターギュ公爵にもかかわらずだ……そう、まるで臣下に向ける感情。これはどういうことでしょう？　理由を教えていただきたい」

情報があれば、正しい行動ができる。

逆に言えば、情報がなければ致命的な間違いを犯す。

リファナ姫の表情が一変した。

俺は息を呑《の》んだ。

すっかり騙《だま》された。男を誘う高慢な女、その仮面に隠れた素顔……それすらも仮面だった。

恐ろしく、それでいて美しい、妖《あや》しい魅力に溢《あふ》れている。

「鋭いですわね。怖いぐらい。その質問に答えることはできませんの。でも、そうですね。ただ、一つ言えるのは、あなたの推測は外れていないということです。……いけませんね、婚約の話、本気になってしまいそう」

最後の最後、今、見せたものが本当の彼女。

……もし、彼女たちと出会っていなければ俺は心の底から彼女に惚《ほ》れていたかもしれない。

第十話：兄妹《きょうだい》の時間

リファナ姫から解放された俺は夜の街を走る。

姉《ねえ》さんとのリンクをたどっていく。

ファルを追いかけているだから、それでファルのもとへたどり着けるはずだ。

走りながら、ファルの実家について調べた結果を思い返す。

（ファルの実家、フォセット子爵家は破綻寸前だ）

ファルの父親はもともと辺境の小さな領地を守っており、出世などには興味がなかった。

その誠実な仕事ぶりと安定した領地経営が認められ、弟に領地を任せ中央に出てくる。

そこでも、働きぶりを評価され順風満帆だった。

だが、ファルの実母が死んでからおかしくなる。

寂しさのせいか、おかしな連中に付けこまれ、悪い遊びを覚えた。遊ぶためには金が必要で、出世欲に駆られるようになり、コネ目当てで良家の娘と再婚してしまう。

（選んだ女が最悪だったな）

ヒステリックな浪費家。

おかげで家庭に興味をなくし、娘への虐待を見て見ぬふりをし、娘が売られてしまったともだいぶ後になってから気付く。

ヒステリックな妻に疲れ果てていた彼は、どんどん優秀さを失い、バカな詐欺に引っかかり資産の大部分を失う。

そんな台所事情も見て見ぬふりをして妻は浪費を続け、しまいには次期当主、つまり再婚した女との間に生まれたファルの弟が新たな事業で大失敗し借金塗《まみ》れ。

妻の実家もそれを見て見ぬふり。

なぜなら、出世を餌にして厄介払いをしたかっただけ。

彼はファルを捨てて、疫病神を招き入れたのだ。

「姉《ねえ》さん、ファルはどうしたんだ?」

ファルを監視しているはずの姉さんを見つけたので声をかける。

よほど鋭い者でない限り気付けないほどに存在を薄れさせていた。

「用事を終えて、今は一人で公園にいるの。一人になりたそうだったから、出歯亀はやめたのよ」

「公園の前はどこにいた?　やっぱりフォセット子爵の屋敷か」

「そうよ」

「どんな話をしていた?　どんな様子だった?」

「……それだけどね。私からは何も言わない。こういうことに踏み入るのは不躾《ぶしつけ》だからね。ファルちゃんがユーマちゃんには知られたくないって気持ちがわかっちゃう」

「一つだけ答えてくれ。ファルに危険はないんだな」

「そっちは保証する」

まず、今すぐファルに何かあるわけじゃないのなら無理に聞き出す必要はないか。

もともとファルのプライバシー、ファルの身に危険が迫っていないなら踏み入るべきじゃない。

頭ではわかっている。

なのに、どうしても胸がざわつく。

「状況はわかった。ファルを迎えに行ってくるよ」

「一人になりたそうなのに」

「ファルは一人になりたいときほど、一人になりたくない。そういう子だ」

もう十年近い付き合いだ。

それぐらいはわかる。

「お兄ちゃんしているんだね。じゃあ、私はユウマちゃんの中に帰るとしますか」

「一緒に迎えに行かないのか？」

「ファルちゃんが一人になりたくないってのは合っていると思うけど、そこから先が間違ってるよ。誰かじゃなくてユウマちゃんが側《そば》にいてほしいはずなの」

返事も聞かず、俺の中に消えていった。

誰かじゃなくて俺が側にいてほしいか……そう思ってもらえるなら兄冥利に尽きる。

◇

大きな池のある公園で、ファルは一人池を眺めていた。

そこに身なりの良さそうな青年たちがやってきてナンパを始める。

普段のファルからは信じられないほど冷たい目でばっさりと断り、逆上した青年が殴りかかり、ファルに投げとばされた。

相手の力を利用した見事な投げ。まるで手品のように鮮やかだった。

重力が存在しないかのように一回転して、青年が足から着地する。

呆《ほう》けた顔をした青年に、ファルが何か言うと真っ青な顔で彼らは逃げていった。

声は聞こえないが、唇の動きでだいたいわかる。『次は頭から落とす』。

いい脅しだ。

俺はファルの隣にまで足を運ぶ。

「ずいぶん荒れてるな。ファルらしくない」

「そうでもないですよ。私、兄さんがいないときはあんな感じです。ああいう人たちの相手をいちいちしてられません」

ファルはもてる。可愛《かわい》くて、どこか親しみやすい雰囲気がそうさせるのだろう。

ファルはファルらしくないという言葉を否定したが、それは違う。

俺のほうを向かない。

ファルは俺といるときは必ず、俺のほうを向く。全身から慕ってくれているのが伝わってくるのがくすぐったくて好きだった。

だけど、今のファルは俺以外の何かに心が囚《とら》われている。

「自覚がないのは重症だな」

「あの、どうしてここに？」

「帰りが遅いから心配になってな」

「そう、私を心配して来てくれたんですね。心配をかけてごめんなさい」

ようやくファルが俺のほうを向いた。

「何があったか聞かせてもらってもいいか？」

「話したいです。兄さんに聞いてほしい。でも、全部は話したくないです……そんな、都合いいこと、許してくれますか?」

上目遣いになって、申し訳なさそうに問いかけてくる。

「もちろんだ。思う存分話してくれ」

ファルは俺の裾をつまんだ。

それはまだ俺たちが兄妹《きょうだい》になりたてで、ファルが俺に遠慮をしていたときの仕草。

今は、その距離がいいのだと理解し、寂しくなる。

「宿舎に届いた手紙はお父さんからだったんです。……私、もう関わらないでって。捨てたくせに父親面しないでって言うつもりで乗り込んだんです。実はすっごく怒ってたんですよ」

「ファルでも怒るんだな」

「さっきも言ったじゃないですか。私って怒りっぽいですよ。兄さんが私を怒らせるようなことをしないだけです」

その言い回しがおかしくて、笑ってしまいそうになる。

普通、そういうのは逆だ。

「そっか。それは知らなかった。それで、何がそんなに気に食わなかったんだ?」

「……兄さんの、新しい家族の前で、前の家族が現れるのが、ものすごく気持ち悪くて、何より、捨てたくせに、あの人が私のことを娘だと思ってるのが許せなくて」

ファルの言う通りだった。ファルの父親はファルを捨てたときから、まったく変わっていないようだ。

捨てたことで起こったありとあらゆる変化を認識すらしていない。罪悪感すらなかっただろう。

ファルは捨てられたことにひどく傷ついていたにもかかわらず。

「でも、会いに行ったら、いきなり土下座してきたんです……悪かったって……あの女を止められなかったことをずっと悔やんでたって……私、土下座されたとき、結婚することを了承しろって言われるって予想してたんです。ふざけるなって怒鳴ろうって思って……でも、謝られて、結婚なんて一言も言わなくて、頭の中がぐしゃぐしゃになって」

「ただ、媚《こび》を売ってるだけだ」

生みの親を悪く言いたくはない。

だけど、あの親は別だ。ファルを食い物にしようとしている。

「わかっているんです。でも、どうしても、わりきれなくて……また、一緒に暮らそうって言われたんです。あの女に文句を言わせないって、守ってくれるって。それに、お母さんが死んでどうにかなっていたって、そんな言い訳を信じたい自分がいて」

「その言葉を信じるのか」

「わかりません……でも、少し考えたいんです」

考えたいか。

受け入れたわけじゃないのがせめてもの救いだ。

「一つだけ、助言をさせてくれ。もし、ファルが家族とまた暮らしたいのなら止めはしない。だけど、そのときは婚約を断ることを条件にするんだ。おかしいだろう。一緒に暮らしたいのに、婚約をさせるなんて。その条件が呑《の》めないのなら、ただ利用したいだけ」

感情では否定しない。

感情の言葉は、感情で否定できる。

だから、明確な事実を一つだけ伝えた。

それも主観で歪《ゆが》められないように明確にだ。

「そうですね、そのとおりです。あの、兄さん、教えてほしいことがあるんです」

「言ってみろ」

「私がいなくなったら寂しいですか？」

心底不安そうに、消え入りそうな声でファルはそう言った。

「寂しいよ。ファルがいるのが、俺にとって当たり前で、ずっとそんな日々が続いてほしい」

「そっ、そうですか、なら、仕方ないですね」

ファルが俺の裾から手を放し、今度は手を握った。

俺たちのいつもの距離だ。

「帰りましょうか、みんなを心配させてしまいます」

ファルは前を歩き、俺の手を引く、後ろから見える彼女の耳が赤くなっていた。

恥ずかしいことを言ったのは俺のほうなのに、ファルのほうが照れているのは不思議だ。

……ファルがいなくなるか。

そういうことは考えたことがなかった。

俺にとって、ずっと一緒なのが当たり前で、いつも側《そば》で笑っていてくれる存在。それがファルだ。

だけど、今回の一件で思い知らされた。

ファルと一緒にいられるのは当たり前じゃない。

もし、ファルがそばにいてほしいのであれば、そのために行動しなければならないのだと。

第十一話：ある日のレオニール伯爵家

昨日の朝には学園に向かって出発していた予定だったが、それが中止になる。

一昨日《おととい》の深夜から降り始めた豪雨で土砂崩れが起こり、主要街道が潰《つぶ》れてしまい馬車での移動ができなくなったのが原因だ。

雨が止《や》んでから五日は復旧に時間がかかるらしい。

そのおかげでさらに五日もタラリスに滞在することが急遽《きゅうきょ》決まってしまった。

（しばらくここに滞在するにしろ、一度学園に戻りたかったんだが）

タラリスを守る約束はしたが、それには相応の準備が必要になる。

学園の地下に工房を用意してあった。

そこには俺が収集したり、開発した武器などが用意されている。

それが戦いには必要だ。

このままではほぼ丸腰で魔族と戦う羽目になる。

腰に目にやると、量産品の安い剣があった。

剣と杖《つえ》、両方の性質を持たせた独自の武器を主武装としている。

しかし、主武装はフライハルト侯爵との戦いで叩《たた》き折られてしまった。

それでしかたなくただの剣を腰にぶら下げているのだが、これでは満足に魔術が使えない。いや、魔力を込めて強化することすらおぼつかない。

修理をするにも魔術と親和性の高い素材が必要であり、高い性能を求めると、どうしても市場に流通していない貴重なものが必要となってくる。

だからこそ、研究所に残してきた主武装の予備とめぼしい魔術の触媒を一緒に送ってくれとレオニール伯爵にお願いしていた。

予定通りなら、もう学園に届いているはずなのだ。

「次はユウマくんの番だよ」

「ああ、悪い」

今は俺の部屋で、この国で人気のカードゲーム、ウルノで遊んでいた。

暇を持て余したオスカたちがやってきたのだ。

キラルもさすがに室内で剣を振り回す気にはならず、参加している。

ウルノのルールは大富豪に近く、強いて違いがあると言えば五回目の結果がすべてだというところ。

途中経過がどれだけ良かろうと関係ないというのが、ある意味現実的だ。

オスカは三回戦までずっとトップだったが、都落ちで強制的に大貧民……こちらではカルヤになり、最終戦では搾取された状態でスタートしている。おかげで最終結果は最下位になってしまいそうだ。

「あがりだ」

「これでユウマ兄さんの二連勝です。毎回、きっちり五回戦をとっていきますね……あっ、私もあがりです」

「ごめんね、オスカ。私もよ」

「くそっ、三回連続一位だったのに」

俺がトップであがり、ファル、キラルがそれに続き、オスカが最下位。

「ユウマって本当に知能系のゲーム、強いわよね」

「たまたまだよ」

俺の場合、確率を計算して期待値が高い行動を取っているとはいえ、それが報われるかどうかは運だ。

「もう一戦やらないかい？」

「俺はパスかな。ちょっと用事を思い出して」

昨日はとても外に出られる状態じゃなかったが、今日は雨がだいぶ弱まってきた。

これなら、外に出られるし店も営業を始めるだろう。

学園に戻れないことを想定するのなら、必要な武器を現地調達するしかない。一般兵の量産タラリスなら、一級品の素材は難しくとも、それに近いものが手に入る。

剣よりはよほどマシな武器を作れるだろう。

……いや、いっそ単独で学園にまで戻るか？

俺一人なら馬車など使わずに走って帰ることが可能。それも馬車で二日かかる道のりを一日で往復できる。

それはそれで問題がある。リファナ姫の頼みを円滑に行うために、とある権力者とのアポを取ったのだが、明日の午後一番以外時間がとれないと返事が来た。今からだと、かなり危ういタイミング。

街道の状態によっては詰んでしまう。

どっちにしろ、カードゲームをやっている場合じゃない。

「悪いな、オスカ」

「謝らなくていい。君はいろいろと忙しいしね。じゃあ、ここまでにしよう」

オスカも残りの三人でカードを続ける気はないらしく、これからの予定を考え始めた。

部屋に戻ろうと立ち上がったとき、ノックの音が聞こえる。

……まさか、またリファナ姫が来たんじゃないだろうな？

不安を感じながら扉を開くと、苦々しい顔をした兵士がいて、その後ろに誰かが隠れている気配がした。

「申し訳ございません。外部からの来客がありました。本来関係者以外は立ち入り禁止なのですが……軍にはいろいろと、彼に借りがありまして……その、どうしても通さざるを得なくて」

そう言いつつ、兵士は横にスライドする。

そこにいたのは見慣れた顔だった。

人を食った笑みで、年齢の割に若いというより幼く見える。

俺とファルの義父《ちち》にして、世界有数の発明家。レオニール伯爵だった。なぜか、冗談みたいな大きさのリュックを背負っている。

「やあ、可愛《かわい》い息子と娘よ。元気にしてたかい？」

「なぜ、ここに来た？」

「そんなの決まっているじゃないか。子供たちが心配だからだよ」

「ありえないいな。早く用件を言ってくれ」

そんな親らしいことをこの人がするはずがない。

「相変わらず、酷《ひど》いな～、君は。まあ、いいよ。はいっ、これ頼まれてたの」

よっこらせっと言いながら、背負っていた巨大リュックを渡してきた。

受け取って、中身を見てみる。

研究所に残してきた触媒や予備の武器の数々だ。

学園に戻ってすぐ、俺がレオニール伯爵に送ってほしいと依頼した品々だった。

「どうして郵送じゃなくて、わざわざ自分で？」

「う～ん、だってさ、こんな貴重なもの人に任せられないじゃない？　君って、意外と大《おお》雑把《ざっぱ》だよね。君の開発した魔道具ってさ、百年、二百年以上技術が進んでるのはざら、見る人が見たら、絶対道を踏み外しちゃうよ。いやぁ、そういう僕も君の工房に入ってから四日ぐらい記憶が飛んじゃってね。もう、君に頼まれた日に間に合わないから、直接手渡そうかなと」

まったくこの人は。

研究所にある俺の工房には封印が仕掛けてあるため、その中身はレオニール伯爵も知らなかった。

今回、送ってもらう必要があり、手紙には封印の解除コードを記した。

うかつだった。研究の虫である義父が新しいおもちゃを与えられたらどうなるかぐらい想像するべきだったのだ。

「そういう事情があったにしろ、わざわざここまで来るなんて驚いた。義父《とう》さんなら、ごめんねーで終わるのが常だろうに」

「いや、タラリスには来るつもりだったからね。息子と娘の晴れ舞台を見に」

「それも嘘《うそ》だ」

「あははぁ、バレちゃった。いやね、英雄の父親って肩書が手に入ったから、この機会に今まで入れなかった場所とか、会ってくれなかった人に会っておこうかと思ってね。すごいよ、この肩書、たいていの美術館、博物館、研究所はフリーパスだし、名のあるコレクターも喜んで招いてくれる。僕のためにも、二人とももっと活躍してよ」

クズ発言だが、いっそここまで来るとすがすがしい。

貴重なものほど、隠され、守られている。相応の立場でないと見ることすらできないものが多く存在する。

その際たるものが王家の蔵であり、俺も釣《つ》られた。

「なにはともあれ助かったよ……義父さん」

荷物の中から、剣を取り出す。杖《つえ》と剣、両方の性質を持つ俺の主武装がそこにはあった。

一つ前のモデルで、フライハルト侯爵に折られたものより性能は劣る。しかし、改良を加えれば、限りなく最新式に近い性能が発揮できる。

消耗品の数々もあった。使い捨ての武器や、傷を癒やす魔薬などなど。

これがあれば、学園に戻る必要はなくなる。

結果的には、学園に送ってもらうよりも都合が良かった。

……土砂崩れがなかったら、すれ違っていただろうが。

「お礼だけかい？　けっこうそれ重かったんだけど？」

「礼なら十分渡したじゃないか。俺の荷物、遠慮なく調べまくっただろ？　解析魔術の痕跡だけじゃない、物理的な各種測定までして……思いっきり楽しみやがって」

「それはそうだけどね。聞きたいことが山ほどあるんだよ」

「息子の学園生活や、魔族討伐の件についてか？」

「そんなのどうでもいいよっ！　解析しただけじゃわからなかったことを聞きたいんだよ！」

実に義父らしい返事だ。

オスカとキラルはあっけに取られていた。

「わかった、それぐらいなら。すまない、込み入った話をするから出ていてもらってかまわないか？」

オスカたちは頷《うなず》いて、部屋を出ていく。

そして、レオニール伯爵はベッドに座り足を組み、子供のように無邪気な目で、俺が作った各種武器、触媒についての怒涛《どとう》の勢いで質問を始めた。

◇

三時間ほど経《た》ったころ、ようやく一通りの質問が終わった。

その質問がいちいち的確だ。

俺が妥協している部分を見抜き、助言までしてくる始末。

数百年進んでいるはずの技術に平然と追いついてくる。

彼の場合、ただたんに俺が作った魔道具の構造を解析しているわけじゃなく、恐ろしいことに枝葉をたどって設計思想や発想そのものまで見透かしてくる。

それさえ得られれば、いくらでも枝葉は作れるようになるだろう。

間違いなく研究者としての完成度・資質は俺よりも上だ。

今現在、彼に勝っているのは未来の知識を持っているからというだけに過ぎないと改めて思い知らされる。

「いやー、君ってば、ひどいね。ぜんぜん、僕に底を見せてなかったじゃないか。こんなに隠し事をしてるなんて！　ずるい、本当にずるいよっ！」

三時間しゃべりっぱなしだったことで、喉が嗄《か》れ果てて、それでもなお楽しそうに話す。

ついには咳《せ》き込《こ》んで、血が出た。

一言話すたびに激痛が走っているはずだ。

なのにマシンガントークは終わらない。

「それ、痛くないのか？」

「痛いよ。でも、関係ないよね？　知的好奇心の前には些末《さまつ》なことだよ」

俺も似たようなところがあるが、ここまでではない。

ポシェットから治療薬を渡して、飲ませ、その上で自己治癒力を強化する魔術を発動する。

「義父《とう》さんはけっこう怪我《けが》が多いんだから、基本的な回復術式ぐらい使えるようになったほうがいいんじゃないか？」

研究に没頭するあまり、自分の身を軽んじすぎるので生傷が絶えない。こういうのが使えたら便利だ。

俺も同じ性質を持つので、回復魔術と魔薬のありがたみがよくわかる。

喉が治った義父《ちち》が自身の変化を確かめ始めた……それは身を案じているわけじゃなく俺の薬と魔術の効果測定。

それが終わってから、珍しく真面目な顔をした。

「うはっ、もう治った。いいねー、使いたいねー。できるならしたいよね。でも、駄目なんだよ。僕は魔術をろくに使えない。生まれつき、術式構築と制御が絶望的に下手でね。ずいぶんバカにされたし、苦労した。どんなすごい魔術を作っても自分では使えない。君と違ってね」

シニカルな態度で、彼は肩をすくめてみせた。

「難しい魔術を作るとさ。けっこう、頼んだ人が失敗することがあって。僕の理論は完璧なはずなのに失敗作扱いされることがあるんだ……あれが一番へこむ。悔しかったな。自分の理論を自分で証明できないことが」

高度な魔術ほど使える術者は限られてくる。

俺の場合は、自分で証明すればよかった。だが、レオニール伯爵は違う。己の研究成果を証明するには他人が必要だ。そして、魔術士というのは総じてプライドが高い。

魔術が発動できなかったとき、自分の未熟さを認めない。術式に間違いがあると言う。

それは高位の術者ほどそうなっていく。

レオニール伯爵は、どれだけ苦汁を舐《な》めてきたのだろう？

彼は研究者として飛び抜けているが、それ以外を持っていない歪《いびつ》な天才だ。

……というのに今更気付いてしまった。

やばいな、俺は今までとんでもない思い違いをしていた。

「ユウマくん、その顔、僕に同情してくれているのかい？　よしてくれ。君が研究所に来てくれて、本当に感謝しているんだよ。僕と同じレベルの研究者、僕の思考に追随する人材。それだけじゃなかったんだ。僕の術式を完璧に行えたのも君だけ。君がいれば、僕は満たされる。だから同情なんていらないのさ」

すごくいい話で、それはそれでうれしいのだが、別に同情でこんな顔をしているわけじゃない。

怒られるかもしれないが、すべてを話そう。

「同情というか、義父《とう》さんが魔術が使えないことがコンプレックスだったことに驚いてる。いや、魔術制御が下手なのは見てわかってたよ。でも、人にやらせるからどうでもいい、むしろそっちのが怪我《けが》するリスクもないし、疲れないから、全然気にしてないのかなと」

「いや、僕だってできるなら自分で実証したい。人にやらせるほうが百倍面倒だよ……できないから、面倒なのを我慢しているんだ」

「それなら、そうと言ってくれれば治したのに」

「へっ？」

レオニール伯爵が、間抜けな声を上げる。

義父のこういう声は初めて聞いたな。

「いや、魔術が下手な理由に気付いてたし、俺にはそれを治せる技術がある。実際にそれをファルに使って、ファルの魔術制御を改善した。……いやさ、魔術制御が下手なのを気にしているとは思ってなくて、治そうと思わなかったんだ」

彼の魔術制御が劣悪な理由は、体内の魔術回路が乱れているのが理由だ。

おそらく、幼少期にめちゃくちゃに魔力を流しまくって歪《ゆが》み、そのまま成長した。

レオニール伯爵のことだから、幼少期から好奇心の塊で、そうとう暴れたのだろう。そういう魔術回路だ。

そして、魔術回路を整える技術が俺にはある。中国で気という概念から発展してきた文化の一つ、鍼《はり》を使った秘孔と経脈の刺激。

「へっ、これ、治せるのかい？　というか、病気みたいに聞こえるんだけど？　そもそも、僕のセンスとか、才能とか、そういうのが原因じゃないのかい？」

「どちらかというと体の構造の問題。ちょっと待ってくれ」

俺は机の上に紙を広げ、人体を二つ描く。

「人間の魔術回路、その理想形が右。だいたい理想通りにならず、歪《ゆが》んでいるけどね。いらない支流なんかもあって力が分散したり、狭くなる場所で抵抗ができてしまう。抵抗に魔力を流せば予期しないノイズが流れて、魔術を妨害する。……で、左が義父《とう》さんの魔術回路」

俺は魔術を使っているところを見れば、魔力の流れから魔術回路が逆算できる。

もちろん、解析魔術を使ったときより精度は低いが今は大雑把《おおざっぱ》なもので構わない。

「幼少期に極度の負担をかけるとこうなりやすいんだけど、左腕と右ふとももに注目。太い回路が捻《ねじ》れたまま成長して、狭まって大きな抵抗になっているんだ。思いっきり魔力を高めてくれ……流れる魔力をイメージして。そしたら循環がそこでおかしくなっていることが体感できるはずだ」

こういうのは言われなくても気付きそうなものだが、言われてイメージしないと実感できない。

なぜなら、異常が当たり前になってるから。

「……言われてみれば、そこで淀《よど》んで、それに熱くて、痛い感じがするね」

「魔術回路が急に狭まっているから、魔力が詰まって、回路自体にダメージを与えているんだ……ただ魔力を流すだけでそれだ。魔術とは魔力を変質させる作業。予期しない形で魔力の流れがせき止められ、淀み、正常に発動できるはずがない」

「第一、もっと完璧な魔族化の成功例を君は見ただろう。フライハルト侯爵さ。人間が完全に魔族になったんだ。魔族にもっと近い天使を魔族にするなんて簡単だろう？　思い出せばいい、君は戦っている間に相手を調べ尽くし、丸裸にする。そういう人間だろうに」

フライハルト侯爵のことを思い出す。

そう、俺はあの戦闘で、ありとあらゆる魔術を使い、彼のスペックを、構造を、思念を、思考を、魂を丸裸にしながら戦った。

ありとあらゆるデータが脳裏にある。

つまり、完全な人間を魔族にした成功例のデータを所持しているということ。

「そのとおりだ。俺がやるのはゼロからじゃない。今までの研究を発展させ、天使に流用すれば、それで良かったんだ」

「いつもの君なら、僕に言われるまでもなく気付いていたよ。さあ、息子よ。これで手術代は十分かな？」

俺はこくりと頷《うなず》く。

研究は大きく進んだ。進んだというより、今まで登ってきた階段に別れ道を作ればいいと気付けた。

俺たちの研究は俺とレオニール伯爵という天才が何年もかけて、あるとあらゆる実験を繰り返し、たどり着いた境地。

もし、それに気付かなければ、それと同じだけの苦労を一人でする羽目になるところだった。下手すれば十年コースだ。

「ありがとう、義父《とう》さん。気合を入れて手術をしよう。服を脱いでベッドに寝てくれ」

「ちょっと恥ずかしいね。僕って研究者だから、だらしない体なんだよね」

そう言いつつ、研究者のトレードマークである白衣を脱ぎ捨てて、彼は横になった。

自称するとおり、まったく鍛えてないしまりのない体がそこにはあった。

男に恥じらわれても困る。ファルのときは可愛《かわい》く感じたが、おっさんにやられてもいらっとするだけだ。

覆いかぶさり、解析魔術を使い、鍼《はり》を取り出して彼の体格に合わせて最適化。

鍼を突き刺す直前、ドアが開かれた。

「兄さん、義父さん、プリン作ってきましたっ」

「やー♪ ルシエもお手伝いしたの。だから、一番大きいのはルシエのものなの」

現れたのは、ファルと召喚獣のルシエ。

ルシエは天狐《てんこ》。見た目はキツネ耳美少女。もふもふの尻尾が愛らしい。

変化の力を持ち、己の霊格を自由自在にいじり、世界すら騙《だま》す。それ故に、本来莫大《ばくだい》な魔力を使う実体化を極僅《わず》かな魔力で可能にする。

もっとも、その状態では相応の力しか出せないらしく、実用性はない。

だが、気軽に肉体を得て遊べるので本人とファルは喜んでいる。また、こうしてお菓子作りを手伝うこともある。

そんな二人が、俺たちを見てぎょっとする。

「そっ、そんな、不潔です」

ファルがプリンを載せた盆を落とす。

それをルシエが自慢の尻尾を伸ばして器用にキャッチ、先端で盆の重心を捉えて、頭の上に載せた。凄《すさ》まじいバランス感覚。

「うわぁ、びーえるなの。むう、ルシエは美少年同士のほうがいいと思うの。おっさんを使うなら、いっそもっと汚らしいおっさんを使って、おっさん責めにするべきなの。なってないの」

天狐のルシエはよくわからない、何か呪文のようなものを口にした。

しかし、とんでもない勘違いをされていることはわかる。

「何を勘違いしているのか知らないが、昔ファルにもした鍼治療だからな」

「うんうん、ユウマくんってば、僕の魔術回路がひどい状態だってこと、わかってたのに

無視していたんだよ、酷《ひど》いとは思わないかい？」

「あっ、ああ、鍼《はり》治療ですか。あれですね、懐かしいです」

なぜか、ファルの顔が余計に赤くなった。

「そういうことだ。悪いな、せっかくだが今回はファルたちで食べてくれ」

食べてからでも良いような気がしないでもないが、レオニール伯爵を長年のコンプレックスから解き放つのだ。

後回しにするのは忍びない。

「はい、じゃあ、兄さんたちの分はオスカさんとキラルさんに食べていただきますね」

ファルが天狐《てんこ》の頭の上に載っていた盆を取ると引き返していく。

「ちょっと待ったあああああ！」

そこにレオニール伯爵の絶叫が響く。

「ユウマくん、手術はおやつの後にしよう」

「いいのか、それで」

「合理的に考えないと駄目だよ。数十年悩み続けたんだよ。今更、十分、二十分、治療が遅くなったぐらいで何が変わるって言うんだい。そんなことより僕はファルくんのプリンが食べたいよ。ファルくんがいなくなってから、ありとあらゆる手を使って絶品と呼ばれるプリンを集めたけど、ファルくんのそれにはかなわない」

そう言いつつ、次の瞬間にはプリンを確保して、口に運ぼうとする。

「ああ、駄目なのっ、一番大きいのはルシエのなのっ！」

しかし、横から風のような勢いでやってきたキツネ耳美少女に蹴り飛ばされた。

「おっさんのはこっちなの」

天狐《てんこ》は倒れているレオニール伯爵の腹の上に別のプリンを載せると、それはそれは美味《おい》しそうに一番大きなプリンをかきこんだ。

「……ファルくん、使い魔のしつけはどうなっているんだい」

「ルシエちゃんは友達なので、しつけとかは……」

「やー、ファルはたくさん魔力貢ぐし、優しいし、柔らかいし、いい匂いがするし、美味しいのくれる。いい心がけのご主人さまなの。だから、ルシエのご主人さまになる権利をくれてやってるの！」

召喚獣と主人の在り方にもいろいろとある。

天狐はこういう感じだが、キラルのところの黒騎士は、まるで物語の姫を守る騎士のように礼儀正しく絶対服従。

一説には、主《あるじ》と相性がいい召喚獣が呼ばれるらしいが、ある意味でファルと天狐はとても相性がいい。

というか、ファルぐらいおおらかじゃないと天狐とはやっていけない気がする。

「そっ、そうなのかい。ファルくんの手紙にある天使みたいな可愛《かわい》い使い魔がこんな性格とはびっくりだよ。うんっ、でも、幸せだ。ファルくんのプリンは最高だよ」

起き上がるのも面倒なのか、倒れたままプリンを食べ始めた。

俺もいただこう。

ああ、ファルのプリンは絶品だ。

(うまいな)

いつか姉《ねえ》さんにも食べさせてやりたい。

今は天使の実体化は魔力の消費が激しすぎて、気軽にはできないが、魔族化が成功すれば状況は変わる。

姉さんも甘いものが好きだ。

実体化させて、ファルのプリンをプレゼントすれば、きっと喜んでくれるだろう。

第十二話：欲しかった言葉と間違った言葉

施術を無事終えて、レオニール伯爵を宿まで送っていく。

ファルも一緒で、レオニール家が勢揃《せいぞろ》いだ。

彼は軍にいろいろと表に出せない形で恩を売っているらしく、宿舎に宿泊も可能だったらしいが、あえてそうはしなかった。

なんでも、魔術回路の研究をしたいらしい。

「いやあ、調子がいいね。僕は自分が病人だってことも気付かずに、スペックが低いのを才能の欠如だと思いこんでいた……先入観に凝り固まった凡人をバカにしたけど、僕もそのバカの一人だと今更気付かされたね」

「不服か？」

「いいや、いい薬だね。そういうバカだと気付けたからこそ、見えるものがある。まだまだ僕の研究対象が世界には溢《あふ》れている。ああ、なんて素晴らしい。この世界は僕を退屈させない」

この人は放っておいてもとんでもない発明をしていくだろう。

「ああ、それとね。ファルくんの父親ってのが来たよ」

「……そっちに行ったのか」

「うん、あるコレクターを訪ねたときにね。どこで聞きつけたのやら」

俺ですら知らなかったレオニール伯爵の来訪に気付き、話をするなんてとんでもない。

「いったい、どんな話を？」

「娘を返してくれって。相応の金を払うから、ついでに口裏を合わせてくれと。ファルくんを売ったわけじゃなく、修業のために預けたってことにしてって。あとは戸籍関係を修正して、ファルシータ・フォセットにしてほしいってさ」

一般人には姓がなく、姓があるのは貴族の特権。

一般人の戸籍は管理されておらず、それぞれの領地がおのおので管理しているのだが貴族の子女はきっちりと国で管理されている。

その大本の戸籍で、ファルがレオニールなのはフォセット子爵にとってひどく都合が悪いのだろう。

今のままじゃ実の父が彼だろうが、公式にはレオニール伯爵の娘にほかならない。

「それで、どうしたんだ？」

「断ったよ。彼程度に払えるお金なんてね、二月分の研究費にもならない……どうするにしろ、ファルくんの気持ち次第かなって。ファルくん怒らせて、プリンを作ってもらえなくなるのは嫌だし」

「……まっさきに出てくるのがプリンか」

「照れ隠しだよ。こう見えて、君やファルくんにそれなりの情はあるよ。それが本物の父親と同程度かはわかりかねるけどね。僕が君らを好きなのは間違いない」

その言葉を嘘《うそ》ではないと思えるぐらいには、俺たちは同じ時間を過ごして語り合った。

研究が第一ではあるが、この人は悪い人ではない。

「ってわけでさ、ファルくん。君、レオニールとフォセットどっちがいい？　君が決めてよ」

軽く、世間話をするかのような気安さでレオニール伯爵が話を振った。

「私が、決めて、いいんですか」

「うん、そうだよ。だって、向こうも僕も君が欲しいからさ。じゃあ、あとは本人の問題だよ」

ファルは言葉を失う。

決めかねている。

それは異常だった。

決めかねているという事自体がおかしい。

だって、昨日俺に見せた表情は、態度は、フォセットより、俺がいい、そう感じさせた。

……いなくなる覚悟はしていたけど、それでもこんな態度を取られるとどうしようもなく困惑する。

昨日もファルはフォセット子爵家に行っている。

あの日公園で、ファルは話をしてくれたが全部は話せないと言っていた。

なにか、あるのか？

「その、時間をください」

「うん、いいよ。君がフォセットに戻りたくなったら、いつでも言って。僕は止めないから」

「はい、その、ありがとうございます」

ファルが俺を見た。

どことなく、俺に行くなと言ってほしいように見える。

だけど、すでに俺の意思は伝えた。ファルと一緒にいたいと。

それでも彼女は悩んでいる。それは、俺よりも実の家族が大事なのかもしれない。

何かある、それは可能性であって、いま時点では断定できない。

頭がこんがらがってくる。

これ以上黙っていると不審に思われる。何か言わないと。

とにかく、ファルの気持ちを大事にするのがいいのではないだろうか？

「十分悩んで、一番幸せになれる道を選んでほしい」

「昨日は、一緒にいてほしいって言ってくれたのに……そう……ですか。……わかりました。そうします」

ファルが泣きそうな顔に見えて、直感的に間違えたと気付いた。

それでも、もう手遅れで俺は何も言えなかったんだ。

◇

帰宅してから、教官たちにこれから行うことに対しての根回しを終わらせ、自室に引きこもる。

予備の剣を加工して最新式に手直しし、その他の消耗品をいつでも使えるようにメンテナンスしているうちに朝が来た。

思いついた改良案を実装したせいでけっこう時間がかかった。……手を動かして不安を忘れたかったのかもしれない。

ファルは部屋に引きこもっている。

そのことを気にしながら、外出した。

俺が訪ねるのは、この街を治めるグスターギュ公爵だ。

このままでは、本当に単独行動で魔族と戦ったあげく、石を投げられる羽目になる。

そうさせないための行動だ。

本命は午後一だが、午前中に一件、午後一の大物と交渉を行うために大事な仕込みがある。まずはそっちから片付けよう。

◇

正午を回り、約束の時間になっていた。

街でもっとも豪勢な屋敷が目的地。いや、屋敷というより城に足を踏み入れる。

この国の貴族たちには王城よりも立派な建物を作るのは不敬だと自粛する暗黙の了解がある。だが、グスターギュ公爵はそれを無視している。きっと意識的に。

自分の権力が王にも勝ると示している。

不敬だというのに誰も文句が言えない。それだけの力がある。

案内された応接間も凄《すさ》まじい、例えば今使っているティーカップ一つで、人一人の人生が買えてしまう。

そこに、一人の男がやってきた。

均整の取れた体つきで、ヒゲも綺麗《きれい》に整えてある。これまであった誰よりも高価な服と装飾をまとっているのに成金臭さがなく調和している。

生まれついての貴族。

予想と違って驚いた、彼は本物の貴族が纏《まと》う風格を持っている。こんな彼が、保身と欲望の街であるタラリスを作ったなんて信じられない。

「英雄殿が、どのような用件で。訪ねて頂いたのは誇らしいが、こう見えて俺は忙しい身の上でね。手短に済ませてほしい」

「お時間をいただき感謝を。時間がないというので、単刀直入に。……私を雇いませんか?」

「この街には、俺を始めとした本物の貴族たちが結成した最強の騎士団が存在する。王家のそれすらも凌駕《りょうが》する自負がある。心配されるいわれはないよ」

本物の貴族であり、教養があっても、人は自分の見えているものしか知らない。

優秀であっても、その目で魔界を、魔族を見ていない。まれに見るはぐれ魔物程度を魔物の脅威として見る。だから見誤るのかもしれない。

　強い魔物ほど優先的に王都は処理する。逆にいえば、魔界から逃れ生き延びるのは、見逃してもいい雑魚だけだ。

　そんな雑魚を倒して、悦に入る。実戦を知らない騎士団。

　タラリスには名のある貴族が集まっているだけあって、その血縁者が中心の騎士団は相応に素質がある者が多いだろう。だが、実戦を経験しなければその素質は磨かれない。

　そんなものは使いものにならない。

「心配もします。なにせ、無能しかいない」

「英雄でも口がすぎる」

「ただの事実です。ここに来る前、ご自慢の騎士団、たしかオリュウス騎士団でしたか？　そちらに出向きました」

「出向いてなにを？」

「試合をしました。騎士団長を始めとした、精鋭十人対私一人での試合。それでもなお、私に一撃すら与えられていない。とてもじゃないが精鋭なんて呼べない」

　こういう目立つことは普段控えているが、売り込むためには必要なことだ。

「嘘《うそ》……ではないようだな。そんな嘘をついてもすぐにばれる。さすが英雄だ、飛び抜けている」

「私は強い。謙遜する気はない。ですが、同じ条件で王都の騎士団と戦えば、それなりの手傷を負いますよ。一番の違いは連携です。個人個人では、よく訓練をしているだけあって質は高い。だが、集団戦の経験がないから、生きた連携ができない。私と魔族の力は同等。つまり、魔族が襲ってくれれば精鋭十人がかりで挑んでも、傷一つつけられず全滅するということです」

訓練でもっとも身につけにくいのが連携だ。

王都の騎士団は知っているのだ。個人ではどうあがいても勝てない連中がいくらでもいると……いや、経験してる。

だから、強いものは複数で潰《つぶ》すことが当たり前。完璧な連携を行い、個の強さを殺す。

その反面、タラリスの騎士団は武勲を誇りたがる子供、訓練ばかりで戦いに飢え、武勲を欲しがり、我先にと飛び込んでくる。

今日の戦いでもそうだった。英雄である俺を倒す名誉を欲しがった。だから、十人いても、結局一対一を十回繰り返すのとさほど変わらない。

魔族相手に同じことをして無意味に死ぬのが目に浮かぶ。

「魔族ねぇ……君は魔族が現れたことを気にしているようだな。魔界から離れたタラリスが魔族に狙われることなどないよ」

「手紙が届いたでしょう?」

「あんなものいたずらに決まっている」

「あなたの立場なら、私の召喚獣について噂《うわさ》ぐらいは聞いているでしょう?」

姉《ねえ》さんに思念を送る。

すると、俺の背中から翼が生えて、姉さんが羽ばたき背後に現れる。

霊格を強め、一般人でも見えるようにした。

「私の召喚獣は天使。その天使が、この街の近くで魔族を見ている。その事実を軽く考えないほうがいい」

グスターギュ公爵がほうっと感嘆の声をあげた。

天使と英雄がセットになれば、その説得力は極めて高い。

「ふむ、それは大変だ。だがね、俺は軍の力を借りれないのだよ」

「杞憂《きゆう》です。私は学生で軍属じゃない」

軍の活動を冷笑し、支援をしてこなかったタラリスは、その立場上、軍を頼ることはできない。

だからこそ、俺は抜け道を案内する。

「君がいるのは軍の付属校だろう」

「ええ。そのとおりです。王都は私の功績を軍の功績と同一視し、そう周知するでしょうね」

「ならば、協力を願えない」

「わかっているのですか？　魔族がその気になれば、こんな街、三日で滅びる。いったい何万人が死ぬことになるか」

最大限楽観的に見ても三日。

フライハルト侯爵級の魔族が現れればそうなる。

「それでもだ」

「……思ったより頑固ですね。だからこそ、私を雇えと言っているのです。あなたが仰《おつしや》った通り、私は軍の付属校所属。ですが、軍人ではない。もし、あなたが直接雇ったのなら、私の立場は軍人ではなくあなたの騎士となるでしょう。そちらには明確な契約があるのだからそれならばあなたの恥にならない。事前に災禍を予測して、騎士団を補強するという正当な判断と言えるでしょう」

軍属の学校に通う一生徒、タラリスの騎士団と正式に契約を結んだ騎士。この二つならば後者のほうが優先される。

「だが、魔族に対してアクションを起こす時点で立場を違《たが》える」

「違えたとしても、違え方というものがある。魔族が現れてから、街が壊滅し、命乞いするかのように軍や俺に救援を求めたのでは、それは恥以外の何者でもない……だけど、今なら違うでしょう」

「そうか、今なら」

「今、この場で。英雄の受勲式を行った熱がある。魔族に襲われ、軍に頼るしかなくなる前に、遠征の支援を表明する。同時に英雄を個人的に雇い、対策とする」

「それならば恥にはならない。この空気なら、新たな英雄との出会いという言い訳があるなら、遠征派に鞍《くら》替《が》えしても自然だ……主導的な対策であれば株も落とさず、軍に借りも作らない」

ようは言い訳ができればいい。幸い、今までの英雄が死ぬことで脅威が大きいことが示され、幸いなことに新たにより強い英雄が現れたという、このタイミングなら反遠征派が鞍替えしてもさほどおかしくない。

（話がわかる相手で良かった）

理が通らない相手であれば、泥沼にハマっていた。

理屈が通じる相手は楽でいい。

「いいだろう。君は頭のいい王家の犬だ。王家は財布になるタラリスを失いたくない。君の案を受け入れれば、遠征を支援せざるを得ない。かと言って君の手を払えばタラリスは滅びる。遠征費だけで済むなら安いものだ……乗ってやろう」

「私の狙いが見抜かれましたか」

確実に遠征費を取る。それも俺の狙い。

これは俺の感情で、レキニア侯爵の派閥から寄付金を得られなくなってしまった罪滅ぼしでもある。

「よく言う。見抜かれることは想定済みだろう。わかっていてもそうせざるを得ない。契約書だ、短期の契約のほうが良かろう。これで、君は我が騎士団の一員だ」

「……ずいぶんと報酬がいいですね」

「英雄相手ならば、これぐらいはな。君以外の英雄も同じ条件で雇う。彼らにも声をかけてくれ」

「ええ、きっと喜びます」

とくにキラルは喜ぶだろう。彼女の実家は武の名門だが、さほど収入は良くない。武というのは案外金がかかるのだ。

それに、魔族と戦うときに戦力が増えるのはありがたい。ファルと二人なら、たいていの魔族を圧倒できる自信がある。

◇

そのあと宿舎に戻って、チームのみんなを集める。

ファルが出かけているみたいだが、話を始める。

事の顛末《てんまつ》を説明した。

リファナ姫のことは伏せて、魔族の襲撃があること、そしてグスターギュ公爵の私兵となって守ることを話す。

タラリスからの遠征費が必要だということは、みんなも理解している。

「へえ、面白いね。僕たちで魔族と戦うなんて」

「報酬もいいわね。これだけあれば、剣が新調できるわ」

「誘っておいてなんだが、魔族と戦うのは極めて危険だ。これは強制じゃない。断ってくれても構わない。報酬は高いがリスクも高い」

国の命令じゃないから、関わることができるということは、やらなくてもいいということだ。

「何を言っているんだい。ここで戦わなかったら、タラリスが滅びて、魔族の討伐依頼がくるだけだろう？　なら、被害が出るまえに叩《たた》いたほうがいい」

「私も同じ考えね……でも、それ以上にどうせなら、たくさんお金をもらえるほうがいいわね。軍の日当は一律で安いもの」

キラルにこういうところがあるのは意外だ。

「みんなで挑めるのは心強い」

「あとはファルくんだね。彼女は絶対に断らないだろうし、頼りになる」

「そうね……一度、ガジラ怪獣大決戦を見せてもらったけどすごかったわ。間違いなく、私たちの中で二番手ね」

「否定できないことが悔しいよ。僕が同年代に負けることなんて、生まれてこの方なかったのに……三番手とはね」

「四番手かもしれないわ。ユウマに教えを受けてから、見違えるほど私は強くなった」

オスカが凄《すさ》まじい勢いで俺の顔を見る。

「ずるいじゃないか、あれだけ弟子にしてくれと頼んでいる僕を差し置いて！　あれかい⁉　女の子になったら教えてくれるのか」

「いや、そういうことじゃないさ。というか、女の子になれるのか」

「必要なら」

完全な性転換なんて、俺でも実用化した例を知らないというのに。

「おや、ファルくんが帰って来たみたいだよ。この足音、ファルくんだ」

俺もわかるが、こうして口に出されるととても気持ち悪い。

ファルが部屋に入ってくる。

沈んだ表情で、元気もない。

「兄さん、お父さんからグスターギュ公爵に雇われたことを聞きました」

「耳が早いな」

いや、早すぎる。まだ、数時間しか経《た》っていない。

「はい、いろんな偶然が重なりました」

「それで、ファルも力を貸してくれるんだろう？」

うつむいて返事がない。

何か悩んでいる様子だ。それからゆっくりと顔を上げる。

「お断りします」

驚いた。ファルが何かを断るところを初めて見た。

「そうか、それもいいだろう。ここは危険だから、学園に向かったほうがいいかもしれないな」

寂しいが、ここにいれば危険に巻き込まれる。

「いえ、私はここにいますよ。……ずっと」

「ずっと？」

「ええ、ずっとです。私はフォセット子爵家に戻ります……それから」

ファルの目に力が宿る。

その力の種類は敵意。

ファルが俺に向けるのはありえない、そんな感情。

「魔族を倒すのは私です。邪魔するなら、兄さん……いえ、ユウマだって許さない」

ああ、そうか。

だいたい事情はわかった。

「ファルくん、冗談はよしてくれ」

「そうね、あまり趣味が良くないわ」

「冗談じゃないですから」

「それならなおさらだね。どういうわけか、魔族を倒した功績を欲しがっているようだけど、僕らを……いや、僕らなんて止《や》めよう。ファルくんが、ユウマくんに勝てるとでも。

模擬戦でだって一度も勝ったことがないじゃないか」

ファルが微笑《ほほえ》んだ。

それは冷たくて、見下すような笑み。

「ええ、勝てますよ。とっくの昔に、私はユウマより強くなってましたから。勝とうと思えばいつでも勝てたんです」

それを最後に、部屋を出ていく。

残されたら俺たちは、お互いに何も言えず、重苦しい空気だけがそこには残った。

第十三話：早すぎる襲撃

荷物をまとめてファルが兵舎を出ていった。

教官には休学届けが出されていて、それが本気であることが示されていた。

とはいえ、退学ではなく休学であったことには安心している。それは、後戻りをするための保険だから。

（なんで、ファルは会ってくれない？）

昨日はフォセット子爵の屋敷に出向いたが門前払いを食らっている。

その足で、まだタラリスに滞在しているレオニール伯爵のもとへ向かった。ファルから戸籍をフォセットに戻すよう頼まれたかを確認するためだ。

それもまだだった。学園でも、家族としてもまだ俺たちは繋《つな》がっている。

昨日に続き、今朝もフォセット子爵の屋敷に向かったが門前払い。

「まるでストーカーね」

姉《ねえ》さんがにやにやとしながら、俺の頬《ほお》をつついてくる。

もちろん霊体なのですり抜けた。

「一応、今は取り込み中なんだが」

今は騎士団の訓練場で、十人の精鋭たちと模擬戦を行っている。

それは二日前に俺の実力を見せつけるためにやったものと同じ条件、同じメンバー。

名目としては、魔族戦に備えて連携を強めるための訓練。

五人ほど倒したところで、残りの五人は尻込みをして距離を取りこちらを窺《うかが》うようになった。

「その取り込み中にファルちゃんのことばっかり考えているなんて余裕じゃない」

「残念なことにな。味方がこれだと不安だ。初日と何も変わらない。昨日、今日といろいろ叩《たた》き込《こ》んだつもりなんだが……やるせない」

相変わらずスタンドプレイに走りたがる。

スタンドプレイをできるだけの力があれば構わない。強者の戦法としては優れている。

だが、彼らはそうじゃない。

弱者の戦術を取らねばならない。

だというのに、彼らは未《いま》だに自分が強者であるという幻想から抜け出せない。

(戦力としては数えられないな)

個人個人で見れば、優秀なのにもったいない。

良くも悪くもアマチュア。

そんなことは、決闘まがいをしたときに気付いていていたのだが、指導しても一向に良くならないというのは頭が痛くなってくる。

素直に教えを聞き入れてくれるファルが恋しい。

ついに視線まで宙に浮いてる姉《ねえ》さんに向けた。それは戦闘中にはあるまじき隙を生む。

「英雄どの、覚悟おおおおおおおおっ！」

副団長が先頭をきって突っ込んでくる。

こんな見え見えの隙、疑似餌に食いついてくるなんて。

突進しながら副団長は仲間たちを横目で見た。連携を取るためじゃなく、出しぬけているかを確認するために。

副団長の突出に気付いて、慌てて他の連中が飛び出してくる。

集団戦闘の基本は、複数人数で多方向から同時に襲いかかること。

なぜなら、人の手は二本しかないため一度に出せる手数は限られており、人の目は前にしかついていないから３６０度を見渡すこともできず誰かが必ず死角に入れる。

極めて単純なロジックであり勝つためにはそうするのが当たり前。なのにそれをしない。

（一方向から一人が突出、残りは五月雨。どうぞ一人ずつ各個撃破してくれと言っているようなものだ）

そして、そのとおりになる。

最初の一人をカウンターで沈め、それに動揺した後続を即座に落とす。

そうして、残り三人になった。なってしまった。

こうなれば詰みだ。

俺は彼ら程度の使い手が三人なら、完璧な連携をされたとしても、真正面から叩《たた》きのめせる。

俺を倒すならそうなる前に手を打たなければいけなかった。

逆に言えば、そうなる前なら勝ち筋はあったのに、彼らは自ら敗北を選んでしまった。

◇

模擬戦が終わり、休憩時間になる。

騎士たちは立ち上がる気力もないようだ。

「午後からは、オスカとキラルを相手に模擬戦をする予定だったけど、無理そうだな」

「そうだね……体の疲れって言うよりプライドの問題だね。可哀想《かわいそう》に。彼らにだって、この街で最強だって矜持《きょうじ》があるんだよ？」

「よく言うわね。とどめを刺したのはオスカなのに」

模擬戦終了後、一人の騎士が天使を使う奴《やつ》に勝てるわけがないと言い訳じみたことを言い出し、それに何人かが同調した。

俺は放っておいたのだが、オスカが天使の力を使っていないことをわざわざ伝えた。十人がかりでも天使を使わせることすらできなかった事実が彼らを傷つけた。

「君が侮られることが許せなかったのさ。ユウマくんは僕に勝った男だからね」

「……一言一句想像通りで驚いた」

俺も彼のことをだいぶ理解できてきたらしい。

「でも、とても深刻ね。ユウマが騎士ごっこと言った意味がわかったわ。私たちだってもう少しうまく連携するわよ」

「貴族出身者の道楽だからどうしようもない。ただ、やれるだけやるさ。数日だけとはいえ、仲間なんだから」

「相変わらず面倒見がいいわね」

「いや、今回は感情だけじゃない……彼らが使えるかどうかで生存率が変わる。俺はもちろん、オスカもキラルも騎士たちも、この街の住人もな」

俺は、あのときああしておけば、もっと努力しておけば……そんなことを言う間抜けにはなりたくない。

「そのとおりね、ええ、そのとおり。あなたから見習わないといけないのは、技術だけじゃないようね」

あの一件以来、キラルは俺のことを過剰に評価している。というか、俺を見る目が熱っぽい。

以前、ファルが言ってたことは当たっていたらしい。

「さすがは僕のライバルだよ。……ファルくんはなんであんなことを、いくらなんでもユウマくんに勝てるなんて自惚《うぬぼ》れもいいところだね」

「いや、ファルには自惚れるだけの資格はある。条件と状況次第じゃ俺より強い」

魔力量が違いすぎる。

魔族の力を使えば対等になるとはいえ、あれは身体《からだ》への負担が大きい。俺が魔族の力を使っている間、ファルが防御に徹してくれれば俺は攻めきれないだろう。

そうして、魔族の血を引き出す限界が来れば地力の差が出てしまう。

さらに言えば、姉《ねえ》さんの力は超燃費が悪い。それに対して天狐《てんこ》のルシエは必要な力を必要な分だけ出せる使い勝手の良さがある。

むろん、宝石を使えば勝てるだろうが、それはありえない仮定。

圧倒的な技量の差があれば、出力の差を覆して勝利可能。だが、ファルには俺の技術を大部分教えてあり技量の差は少ない上、手の内を知られているため不意打ちも難しい。

ファルが勝利だけに徹すれば、高確率で俺は負ける。

「その言い方、状況と条件次第では勝てるとも言っているわよね？」

「まあな」

俺はファルと戦うときに一つの制約を己に課している。それを破ることが勝ちへの第一条件。

「それで、ユウマくんはいろいろとわかっているんだよね？　ファルくんの事情とか」

「フォセット子爵家に戻った理由はわからない。だけど、フォセット子爵がファルに功績を上げさせたがる理由はわかる」

「へえ、ぜひご教授願いたいね？」

「貴族事情はオスカのほうが詳しいだろうに」

「いや、僕は頂点にいるからね。下級貴族たちのしがらみなんて知らないのさ」

なるほど、貴族の頂点にいる公爵家だからこそ見えないものがあるのか。

「タラリスにも派閥はあるんだ。領主であるグスターギュ公爵家が主流派閥。そして、フォセット子爵家は第二勢力であるレキニア侯爵家の派閥に属している……今回の一件、グスターギュ公爵家は自力で魔族を倒したという功績がなければ、失態を覆い隠せない。反対勢力に付け入らせる口実を与えてしまう」

今までさんざん、遠征は無駄だと言ってきた。

その失態を覆い隠すために、英雄の誕生を機にした速やかな遠征賛成派への鞍替《くらが》え及び、自身の成果で魔族を倒す必要がある。

後者を崩されてしまえば、反対勢力はここぞとばかりに増長する。

「なるほどね、レキニア侯爵家からすれば、功績を掠《かす》め取《と》ってグスターギュ公爵家を追い落としたい。ファルくんのおかげでそれができたとなればフォセット子爵家の覚えはめでたくなるってわけだね。しかもファルくんはもともと献上品。更に値段が釣《つ》り上がる」

「そういうことだ」

派閥のなかで抜きん出て、最高の貢物を出す。フォセット子爵家を立て直すには十分だ。

「なら、僕たちは負けるわけにはいかないよね」

「ああ、そうだな。レキニア侯爵家が主導権を握ったら、失態をすべてグスターギュ公爵家に押し付けて、寄付金絡みのことも無視するだろうな」

「それもあるけどね。そうなったら、ファルくんをますます彼らは手放さなくなる。僕にはどうしてもファルくんが事情もなしにユウマくんの元を離れたとは思えない……って、なんだいその目は」

「いや、そういう気配りができる奴《やつ》とは思っていなくて」

「失礼だね。まだ理由はあるよ。あの勝利宣言を許すわけにはいかない。ファルくんは大事なことを忘れている。ユウマくんの言う通り、条件次第でユウマくんより強いのだとしても……僕とキラルくんがいる。そのことを思い知らせてあげるよ」

「そうね……タラリス一の騎士団がこれだもの。向こうに、私たち以上の戦力がいるとは思えないわ」

ひどい言い草が、間違いではない。

オスカもキラルも飛び抜けた才能を持つ天才。

さすがのファルも、俺を含めた三人に勝てる道理はどこにもない。

「さてと、休憩はそろそろ終わりだ。訓練の続きだ。オスカもキラルも働け」

「もちろんだとも」

「他流派の剣技は勉強になるわ。一人一人なら、優秀な人たちだもの」

そう宣言して立ち上がると、姉《ねえ》さんがすごい勢いで南西の方角を睨《にら》んだ。

「ユウマちゃんっ！　魔族の気配、それも力がふくれあがってる！」

姉さんが叫ぶ。

遅れて、爆発音。

素早く、探索魔術を使用。遠い……方向を絞り、さらには高さを限定して範囲を伸ばす。

「外壁が一撃でだと」

王都にも匹敵する外壁。物理的にも魔術的にも堅牢《けんろう》なそれがたった一撃で打ち壊された。

信じられない。あれは、俺が魔族の血を解放してなお一撃で砕けるか怪しい、そういう代物だ。

魔物が雪崩を打って入ってくる。

その中に魔族らしきものはいない。

(ちっ、最悪だ)

防壁で足止めし、戦場を外で固定。

それが想定していた戦い方だった。

これでは街の中が戦場になってしまう。タラリスに大きな傷痕が残るだろう。

悔やむのは後だ。

まずはみんなに状況を伝えよう。

「魔族が来た！　南西の防壁が破壊されて魔物が雪崩こんでいる。このままじゃ住民が皆殺しにされる。オスカは風でキラルを運んで現地へ向かってくれ。そこで魔物の処理に集中しろ。俺は魔族を探す」

「それだとユウマくんが一人で魔族に挑むことになる」

「それしか被害を抑える方法がない」

もはや、連携もくそも言ってられない。

魔族を単騎で倒せる俺が魔族に挑み、他はすべて魔物対策に回す。

もし、街に魔族が入り込んでいたら、殺傷より街の外へ叩《たた》き出すことを優先する。

「そうね、犠牲を抑えるにはそうするしかないわね。魔族は任せるわ」

「オスカ、キラル、後で会おう」

オスカがキラルを抱いて召喚獣、風の妖精シルフの力でキラルと共に飛んでいく。

それを見届けてから、己の血に宿る魔族へ語りかける。

魔族の魔力を引き出していく。

ここから先は常時戦闘態勢。

また、魔族の血を励起させれば同類の匂いを感じられるようになる。

この街を救う戦い、そして、競争の始まりだ。

ファルはきっと俺の思考を読んでいる。

少しでも出遅れれば追いつけなくなる。

今まででもっとも厳しい戦いになりそうだ。

第十四話：戦場での再会

訓練場にいた騎士たちに街を守るように指示……功績が欲しくて無視するのはわかっていたが、それでもしないよりマシだ。

訓練場を後にして、走りながら魔族の血を励起する。

見える景色が変わっていく。

世界は見方によっていくつもの顔を見せるもの。魔族の力を引き出したことで人間からずれた。世界が違う表情を見せてくれる。

ファルと違い、魔族の意識を殺していないからこそ、こうなる。

（いや、だが、これは……これは、なんだ）

景色が変わるのはいつものこと。しかし、少々変わりすぎている。

今まではあくまで人の範疇《はんちゅう》で、魔族の領域に足を踏み入れたという感覚だった。

だけど、これではまるで魔族そのものになったような感覚。

熱い。内側から燃えていく。それが心地良い。

「ユーマちゃんが黒くなってる？」

並んで飛んでいた姉《ねえ》さんが驚いている。

「見た目まで変わるだと」

肌が浅黒く変わり、見たこともない模様が体中に刻まれていく。

さすがの俺も動揺する。

原因は奴《やつ》なのだが、語りかけるべきか？

その悩みは無用のようだ。向こうから声をかけてきたのだから。

『聞こえるかい、僕の宿主』

魔族エルフラムの声が、俺の内側から聞こえた。

精神世界以外で彼女の声が聞こえるのは初めてだ。

明らかに、この異常事態はこいつが原因だ。

『聞こえている。これは、おまえの仕業か』

『そういう言い方は心外だね。この僕が積極的に力を貸しているんだから』

なるほど、今までは血に宿った力を無理やり引き出していた。

だが、今回はエルフラム自ら力を提供している。

だからこそ、より濃く魔族の力が顕現した。……いや、これは一つになったと言ってもいい。

この感覚、姉《ねえ》さんと一つになったときと近い。

『まったく、こう簡単に一つになれるのは複雑な気分だ。姉さんとのときはもっと苦労したぞ』

心が重ならなければできない。あれから何度か試したが、再び心が重なることはなかった。

『いのりんも愚痴ってたね。まあ、しょうがないよ。僕ら魔族は堕落させるもの、人の心に入り込むのは得意なのさ。天使は崇《あが》められるもので、人間とは隔絶する存在だね』

『勉強になった。それはそうと力を貸す理由を聞いていいか？』

魔族が理由も対価もなく手を貸してくれるなんてことはありえない。

協力的になってくれているときこそ、警戒しないといけない。

『二つあるかな。一つ目はいのりんのため。君がいなくなるといのりんが消滅しちゃうからね。いのりんの力を使わずにあいつと戦うと君は死ぬよ。つまり僕の力が必要だね。魔族だって友達は失いたくないよ』

そういえば、姉さんとエルフラムは精神世界で意気投合していた。

あれはポーズじゃなくて本心だったのか。

あいつと言ったのが気になるが、それはあとで聞こう。

『もう一つは？』

『臭いんだよ』

憎悪の込もった声だった。

『あいつの臭いがする。僕を嵌《は》めたあいつの。あいつをぶっ殺すために体を貸せ』

『おまえを殺したのはフライハルト侯爵だろう』

『この三死天エルフラム様があんな小童《こわっぱ》に負けるわけがないでしょ。あまり、バカにしないでくれるかな。殺すよ？』

『あの強さで小童か、恐ろしくなるな』

魔族に落ちたフライハルト侯爵との戦いはぎりぎりだった。

わずかに俺が上回り勝利を得たにすぎない。

『それぐらいじゃないと世界を滅ぼせないし、僕らは世界を滅ぼす生き物。そして、僕を含めた三死天はその頂点として設計されているのだよ。崇《あが》めよ』

『崇めるから、さっさと続きを言え。なんで死んだんだ』

『魔族に裏切り者がいてね、力の大半が封じられて、半殺しにされたあげく気を失って、気が付いたら剣を振りかぶったあの雑魚がいた。……この臭い、間違いなくあいつだ。殺してやる』

『そのために俺を利用するのか』

『そう、僕は力を貸す。だから君の体を貸せ。これはそういう契約だ』

契約と聞いて逆に安心する。

魔族は契約を遵守する。その言葉を口にして条件を口にした以上、それを違《たが》えることは絶対にしない。

『一つ、条件がある。恨みを晴らさせてやるんだ。もう少し報酬がほしい……たとえば、今後も今回と同じだけ力を貸すというのはどうだ』

『君ってば抜け目がないね。いいよ。今後も力を貸してやろう。宿代も兼ねてね』

『交渉成立だ』

俺は微笑《ほほえ》み、それから一歩を踏み出した。

爆発的な加速、ファルの……莫大《ばくだい》な魔力量を誇るファルの本気のそれをも凌駕《りょうが》する。

「エルっちとちゃっかり仲良くなっていたのね」

姉《ねえ》さんはこの状況なのにヤキモチを焼いていた。余裕がある。さすがだ、修羅場なれしている。

「いや、別に。二回しか話したことがないからな」

ファルの精神世界で会ったのも含めると三回だが、俺の血に宿るエルフラムの残留思念と話したのは二回だけ。

「気をつけてね、エルっちと深く結びつきすぎて、私と繋《つな》がる余地がない状態なの」

「つまり、この状態だと姉《ねえ》さんと一つになれないのか」

「そういうこと。それどころか、実体化すら難しいかも。接続切ってからもしばらく無理っぽい」

真の切り札である、姉さんの力を使うなら一度この状態を解除しないとできないということは覚えておかないといけない。

「それとさ、全力疾走してるけど敵がどこにいるかはわかっているの？」

「ああ、大丈夫だ。わかる、臭いが感じられる」

俺の景色が、価値観が、魔族のものに引っ張られて変質している今なら、同類の臭いが感じられる。

だからこその全力疾走。

すでに空を飛ぶオスカを追い越した。

この勢いであれば、ファルより早く魔族を倒せるだろう。

◇

俺はすでに防壁を抜けた。魔族は街の中には入っていない。

魔物たちの殺戮《さつりく》はすでに始まっている。

門をくぐり抜けるとき、違和感を感じて解析魔術を使う。

魔族の一撃を受けて壊れた防壁は綺麗《きれい》に壊れすぎていたのだ。

（ああ、そういうことか）

解析魔術で得られた情報が最後のピースだった。

それによって、謎が解けていく。

（初めから、何もかもがおかしかった）

そもそも魔族が手紙で予告なんてことをする？

魔族の行動理念は魔物を生み出し、瘴気《しょうき》の排出量を増やし、魔界を広げて世界を飲み込むというもの。

だからこそ、人が魔界に入り込んでこない限りは引きこもって、ひたすら魔物を増やし続ける。

人間側が魔物を排除しようとした段階でカウンター、つまり魔物の増加を妨ぐファクターを排除するよう動く。だから、街を襲うという選択肢は十分に考えられる。しかし……。

（タラリスを狙うだけならありえる。遠征に必要な莫大《ばくだい》な金・物資を得るにはここを財布

にするしかない。この街を潰《つぶ》されれば遠征は瓦解する)

遠征できねば、魔族を倒せず、魔物は増え続け、いつか魔界の拡大を止められなくなる。

直接的な防壁である王都を無視して、後方の財布を潰すなんて高度な判断を魔族がすることは驚異ではあっても想定内。

フライハルト侯爵を引き込むぐらいだ。我が国の政情を理解し、それを基にした作戦を立ててもおかしくない。

だが、それがわざわざ手紙で予告をする理由にはならない。これでは守りを固めさせ、目的を果たしにくくするだけだ。

(相手を侮っては駄目だ。必ず理由がある)

魔族の怖さは嫌というほど知っている。

だから、その理由を考え続けていた。

その答えが防壁にあった。

壊された防壁は、予《あらかじ》め防御結界が壊されていた上、ひびを入れられていた。壊してください
さいとでもいわんばかりに。

おかしいと思った。いくら上級魔族でも一撃で壊せる代物じゃなかった。

(魔族の工作ではないな、人間臭い細工。つまり、今回の一連の流れは、魔族と人間が共

謀している）

その前提ができれば、いろいろと見えてくる。

魔族と人間、両方に利益がないといけない。

魔族側はタラリスを襲うことで人間側の遠征計画を潰せる。

人間側の利益は何か？　タラリスが崩壊して誰が喜ぶかを考えればたどり着ける。

不自然な手紙は人間側の事情。

その手紙が送られた状態で魔族の襲撃が起こり、手引によって街への大打撃を受けたとする。

そうなればグスターギュ公爵の責任問題になり彼は失脚する。魔族に街が落とされたというだけでひどい失態であり、予めわかっていて防げないとなれば恥の上塗りとなる。

グスターギュ公爵が魔族の襲撃をわかっていても、軍の力を借りられず、タラリスの騎士団は無能。

魔族を引き込めた時点でグスターギュ公爵の失脚は確定する。

俺というイレギュラーが現れなければ、その運命は変えられなかっただろう。

つまり、人間側の目的は彼の失脚であり、もっともそれを喜ぶ人間は彼の敵対派閥の主《あるじ》……レキニア侯爵となる。

（今思えば、わざわざリファナ姫が俺に依頼してきたのは……タラリスが、いや、グスターギュ公爵が王家にとって利益になる人物であり、彼の失脚を防ぎたいからだ）

グスターギュ公爵と話して感じたのは違和感。

彼はまともすぎる。タラリスという街の成り立ちからは考えられぬほどに。俺はここに来て、保身ばかり考える醜い貴族たちを何人も見てきた。

なのに、彼からは下卑た感じはせず、理屈で話ができる。

（今思えば、あまりにも俺の案にすんなりと乗った）

俺の案は、王都に、いやこの国に益があるもの。

王家と敵対している者が即座に受け入れられるものではなく、だからこそ妥協案を用意しており、それこそが本命だと考えていた。

なのに、彼はそのまま受け入れた。

つまり、初めからグスターギュ公爵は王族側の人間。

そう考えると、リファナ姫が俺に彼を助けるよう依頼したのもまた納得できる。王家は彼を忠臣と見ていた。だからこそ、リファナ姫のあの態度。

（四大公爵家、王に忠義を尽くす貴族たちの模範となる、頂点の四家）

タラリスをグスターギュ公爵家が作ったとき、皆が裏切り者だとバカにし、失望した。

だが、こうして見るとタラリスはこの国に、王家にとって必要だった。

王都を魔界への防壁にすることに反発する貴族たちの逃し先として、財を溜《た》め込《こ》みいずれそれが必要になるときのために。

（恨まれ役を買い、うまく不満の方向を誘導していた。まったく大した忠義だ）

ならばこそ、俺の案に乗ったのだろう。

ならばこそ、表だって彼に協力できないリファナ姫……いや、王族は俺にタラリスを守るように告げたのだ。

魔族は彼を追い出したい、彼を追い出してレキニア侯爵がトップに立ちさえすれば、タラリスをわざわざ滅ぼすまでもない。

魔族と繋《つな》がっているレキニア侯爵が遠征の支援などするはずもないからだ。それどころか、レキニア侯爵の欲は国に害をなし、魔族の益となる。

それがこの一連の事件の真相。

（ファルが、魔族を倒せと命じられたのは……俺ならば、英雄ならば、魔族を倒してしまうからだ。今回の茶番、グスターギュ公爵の失態どころか功績にされかねない。だから、慌てて動いた。そして、もう用済みの魔族は消えてくれたほうがいいとまで考えている。だから、魔族を裏切り、ファルが先に倒すよう仕向けた）

これらは推測だが、概《おおむ》ね間違えていないはずだ。
「ユーマちゃん、かなり近いよ」
「ああ、わかっている」
爆音が聞こえてきた。
それは、防壁を破壊したときのようなこれ見よがしなものではない。
引き絞り、収束し、殺意を乗せた、致死の一撃。
それらすべてに規格外の力が込められている。
魔族が戦っている。それも全力で。
相手は、魔族が本気になって戦う必要がある相手。
ファルか。
レキニア侯爵が黒幕なら、どこからいつ魔族が襲いかかってくるのが予《あらかじ》め知っている。
だから、魔族を探知できる俺よりも先に接敵した。
無事でいてくれ。
そう願いつつ、俺はさらに加速した。

第十五話：たった一つ大事なこと

凄《すさ》まじい戦闘が繰り広げられている。

戦場はまるで、絨毯《じゆうたん》爆撃を受けたかのよう。

大地は抉《えぐ》れ、砂が溶けてガラスのようになっていた。

『なるほど、あのフライハルト侯爵を子供扱いするわけだ』

『あれもまた、三死天だからね。あれぐらいじゃないと僕を嵌《は》められない』

前方の魔族を見て、本能が逃げろと叫んだ。

俺がかつて対峙《たいじ》したフライハルト侯爵を遥《はる》かに上回る力。

その見た目はまるで竜人。竜を思わせる角と尻尾、体には鱗《うろこ》が生えた女性。

そして、そんな相手と戦っているのはファルだ。

ファルの隣には、天狐《てんこ》のルシエが実体化して共に戦っている。

本来、召喚獣を実体化させて戦うのは最後の手段だ。

全盛期の力で戦える反面、消耗も激しい。

切り札を出すのであれば、勝負をそうそうに決めないといけない。しかし、今もこうして戦いは続いている。

「あれは私の獲物です。ユウマは邪魔しないでくださいっ！」

ファルが叫んだ。息が乱れ、汗まみれで、表情は鬼気迫っている。

追い詰められている。

そう、俺の教えを受けているファルは切り札を切るタイミングなんてわかっている。

なのに、勝算もなしにこうして天狐《てんこ》を実体化させている理由は一つ。そうしないと、戦いにすらならなかったからだ。

にしてもユウマか、別離したあの日から兄さんとは呼んでくれない。

「ねえ、ユウマちゃん。ファルちゃんってばあんなこと言ってるけど、助けなくていいの？」

「ああ、妹の頼みだからな。好きにさせる」

それがベストだからだ。

いつものファルとならいざしらず、今のファルは俺を拒絶している。

中途半端な連携で挑むぐらいなら、ファルの戦いを見届けて魔族の力を解析することに徹する。

その後、ファルが弱らせた魔族を叩《たた》くほうがよほど勝算が高い。

ファルは勝てない。

俺まで負ければ彼女は死ぬ。

ならばこそ、もっとも勝率の高い方法を選ぶ。同時に、ファルの死が迫ったときに救う準備はかかさない。

それが兄として、ファルのためにしてやれること。

たとえファルが兄さんと呼ばなくなっても、俺は彼女の兄だ。

『エルフラム、やつの能力、弱点、なんでもいい。情報をよこせ』

『僕は知らないよ。三死天は不可侵だからね。だいたい、みんな仲悪いし、能力なんて教え合うわけないじゃん』

『使えないな』

『うわっ、ひどっ』

ファルはもう俺を見ていない。

竜人魔族へ集中する。

「まずいの、もう実体化が限界なの……ファル一人じゃすぐ殺される！」

天狐《てんこ》ですら、ファルと同じく切羽詰まっていた。

「わかってますっ！」

ファルの体から魔力が噴き出る。

もともと人類の理論限界に近い魔力に、血に宿った魔族の力を乗せた魔力は圧倒的。

いや、その圧倒的な魔力すら凌駕《りょうが》した。

脳のリミッターを外し、魔力回路を傷めながら数十秒だけ、限界を超える魔力を引き出す外法《げほう》。

その代償は重く、数時間はまともに戦えなくなる。

弱者である俺が強者に追いつくためのそれを、強者であるファルが使えば化け物という言葉すら生ぬるい異次元の力を発揮できる。

間違いなく、ファルは勝負を決めに行くつもりだ。

「ルシエちゃん、パターンＡ14！」

「よっしゃーなの！」

オーバーロードした魔力をすべてつぎ込む。

銃剣で弾幕を張り、敵を釘付《くぎづ》けにした。

たかが弾丸の一つ一つがなんて威力。

並の相手なら、それ一発で即死級。

竜種の飛行能力を持つ、竜人魔族すら避《よ》けきれない。翼が抉《えぐ》れ墜落。

地上に落ち、ガードするが防御に使った竜種の鱗《うろこ》が弾《はじ》け飛《と》んだ。竜種の鱗はオリハルコン並の硬度があるにもかかわらず。

その弾幕を掻《か》い潜《くぐ》り急接近する天狐《てんこ》……いや、一見無秩序に見えて、ただ一筋の安全圏を作るようにファルは弾幕を作っている。天狐はそれを覚え、信じて駆け抜ける。

お互いの技量を信じていなければできない、完璧なコンビネーション。

黄金の炎が天狐を包む。

その炎は神域。

燃えるという概念そのものの結晶。天狐が駆け抜けたあとが灰になり消滅する。

竜種の魔物や魔族には極めて強力な炎への耐性がある。

だが、あの炎の前には無意味だろう。

竜人魔族の魔力が爆発的に増大した。それは鎧《よろい》となり、致死の弾幕すら相殺する。

それだけでは終わらない。

竜人魔族が天を見上げ腹が大きく膨らむ。竜種共通の切り札、【竜の吐息《ドラゴンブレス》】の予兆。

踏ん張り、大地に根を張り反動に耐えるための姿勢に移った。

まずい。

どれだけ強力な攻撃であろうと天狐の神域に至った炎なら触れた瞬間に燃やし尽くす。

だが、竜種のブレスもまた概念攻撃。

概念攻撃同士であれば、力の総量で決まる。

真上を見ていた竜人魔族が正面を向きながら口が開いていく。【竜の吐息】が吐き出される、その瞬間だった。

弾幕ではなく、強烈な狙撃が顎に連続で着弾。

足を止めた相手に弾幕を張る必要などない、ファルは一瞬で狙撃に切り替えた。

あれだけの弾幕を一発に込めたそれは、魔力の鎧《よろい》すら打ち抜きクリーンヒット。

顎に直撃をもらったことで口が閉じられ【竜の吐息】が不発。

「隙だらけですよ」

天狐が間に合う。

「食らうがいいのっ……【朱金狐牙】」

天狐を包む炎が消えた。

いや、牙にすべて集まる。

溶岩すら耐えるであろう竜人魔族の鱗《うろこ》と肌をまるでバターかのように貫き、次の瞬間には朱金の炎が内側から爆発した。

体内から焼き尽くす必殺技。

「ファルっ、シンクロなの！」

「やってますっ」

天狐《てんこ》とファル、二人がかりで結界を構築。

竜人魔族が結界に囚《とら》われる。

ファルと天狐の魔力が混ざった結界、それは爆発的に広がる朱金の炎を反射した。

結界に天狐の炎を閉じ込め中心にその力を集める。

散るはずだった炎を逃さずダメージを与え続ける。

ただ力をぶつけるよりも何倍もの効率をもつ滅界魔術。

……あんなもの俺は教えていない。天狐の魔力を借り、その知識をもとにあの結界を作ったのだろう。

貯蓄していた魔力が尽き、天狐の実体化が解ける。

ファルの顔がまるで死人のように青くなり膝をついた。

天狐の炎を閉じ込めるような代物だ、天狐自身のサポートがあったとしても人の身で扱っていいようなものじゃない。

魔力をオーバーロードしてなおぎりぎりだっただろう。

「ユウマ、私の、勝ちです」

その勝利宣言はあまりにも弱々しかった。

きっとファルもわかっているのだ。

決めきれなかったと。

今のはただの祈りだ。そうあってほしいという。

だが、現実は甘くない。

ひび割れる音がした。

ファルの結界が破れ、朱金の炎が漏れ出る。

そして、そこには炭化し、棒きれのようになった竜人魔族。

「面白かったよ、人間。ああ、まさか一度殺されるなんて」

炭化した棒が人の形を取り戻していき、皮膚は再生されず筋肉がむき出しなまま、一直線に駆け出す。

「礼だ。私の血肉にしてやる」

大きく開いた口には、竜の牙が並んでいた。

膝をついたファルは動かない。動けない。

魔力をオーバーロードさせ、人の身に余る魔術を使った代償。

その目が見開かれ、唯一動く口で叫んだ。

「助けて、兄さんっ！」

妹が助けを求めた。

だから……。

「なっ、これは。がはっ！」

ファルまであと一歩というところで、空間がいきなり爆発した。

俺が仕込んでいた魔術。

歪《ゆが》め、圧縮させていた空間を解き放つ。

竜人魔族とファルが吹き飛び、竜人魔族は彼方《かなた》へ、一方ファルが落ちてきたのは俺の腕の中。

「おい、そこの男、私の食事を邪魔するとはいい度胸だな……いや、おまえ本当に人間か？　嫌な臭い、なんで、あの女の」

「今は空気を読んで黙っていてくれないか？　大事な用事があるんだ。待ってくれるなら、その問いに答えてやる」。

「ふっ、良《い》いだろう」

話が通じて良かった。

腕の中にいるファルに視線を送る
「やっと兄さんって呼んでくれたな」

「……恥ずかしいです。私は一人でやるつもりだったのに」

やっぱり、この子は何かを背負っていた。

それも、自分のためじゃなく、俺のために。

「がんばってくれた。おかげでいろいろと見えたよ。二人で勝とう」

「それじゃ、駄目なんです。それじゃ」

「安心した」

「安心したって、なんでですかっ、あんな強い魔族がいて、私は兄さんを裏切って、なんで、安心なんですか」

ファルが泣きそうな声で問いかけてくる。

「ファルは俺のことをまだ好きみたいだ。それがわかればいい。後のことは些細《ささい》なことだ。なんとでもする」

ファルが俺を嫌いになって離れていった。

それが俺の想定する最悪。

だけど、心が繋《つな》がっているなら。まだ、俺を兄と思ってくれているなら、どうにでもなるし、どうにでもしてみせる。

「優しすぎて、罪悪感で死にそうになります。……助けてください」

それは、目の前の魔族からということだけじゃない。フォセット子爵のもとへ向かい、魔族に一人で挑んだ。その理由から助けてくれと言った。

やっと、俺を心の底から信じてくれた。

「ああ、助けてやる。まずは、あいつを倒す」

ファルをその場に下ろす。

そして、結界魔術を使いファルを守る。

「いっぱい、私は嘘《うそ》をつきました。でも、私が兄さんより強くなったっていうのは本当です。私、模擬戦で手を抜いてたんです。勝とうと思えば勝てたんです」

「なんだそのことか……知っていたよ。他の隠し事もな」

「……そうなんですか」

「隠し事ってあれだろう？　俺が教えたことだけじゃなくて、俺が戦いで見せた全部を覚えていて、できるまで反復して身につけた。だから、素のスペックで勝る分、俺より強い」

「気付いていたなんて……私、兄さんに少しでも近づきたくて、兄さんのくれた全部、何一つ、取りこぼしたくなくて……でも、そのせいで兄さんを超えてしまったんです」

ファルにいろいろと授業してきた。ファルに向いた魔術や技術を。

だが、それだけでは彼女は満足しなかった。模擬戦で強者であるファルに弱者である俺が勝つために使った技、それらを覚えて、こっそり練習して身につけた。

血のにじむような努力の果てに。

強者であるファルが弱者の技を身につけた、それは確かに最強になったと勘違いするには十分な理由だ。

「実はな、俺も隠し事があった。俺は一度たりとも本気など、底など見せたことがない」

「そんな、模擬戦は本気だって」

「あるルールの範囲内で本気だ。ファルのせいだ」

十年来の秘密。それを解き放つ覚悟をする。

「ほえ？　私の、せいなんですか？」

「ああ、なんでも真似《まね》したがるから、危なっかしくて、ファルの努力でどうにかなるものしか見せてやれなかった……ファルは意外と頑固だし、俺のことが好きすぎるらしい。やめろと言っても真似する」

俺が課した制約にして誓約。

ファルの前では彼女が努力すれば身につけられる程度の技術と魔術しか使わないというもの。

そうしないと、できないことやファルの技量では危険なことをやろうとして取り返しのつかないことになる。

「ファルは俺を舐《な》めすぎだろう。おまえが努力さえすれば追いつける程度の技術で最強を気取ったりするものか。特別だ。見せてやろう。俺の本気を」

剣を抜く。

レオニール伯爵が送り届けてくれた予備の剣をチューンナップしたものを。

これなら、本気で戦える。

ファルは目を見開き、涙がこぼれて、それを拭って笑顔を見せた。

いつもの、俺に憧れて、俺がいれば大丈夫だって信じ切った、そんな俺の大好きなファルの笑顔。

「はいっ、見せてください。かっこいい兄さんを」

「一応言っておくが、真似《まね》するなよ」

「……えっと、その、ちょこっとだけでも駄目ですか？」

こんな状況なのに笑ってしまいそうになった。

まったく、この妹は。本当に変なところで意地を張る。

前へ出る。

「悪かったな、待たせて」

「それより、約束を果たしてくれよ。どうして、貴様からあの女の臭いがする」

「魔族エルフラム、その血を体内に取り入れて、彼女の残留思念を飼っている。どうやら、おまえのことを殺したくて仕方ないらしい」

ファルの血にも宿っているが、それに反応しなかったのは残留思念を殺していたからだろう。

「……蛇だけあって生き汚いなぁ。でも、まあ、いいよ。私がまた殺してやるから」

すでに竜人魔族は完全に再生していた。

いや、再生しただけじゃない。右腕が一回り大きくなり、鋼の体毛が生えた虎のものになっている。その爪は一本一本が日本刀よりも鋭い。

先程より強くなっている。

奴《やつ》の体の仕組みを解かないと勝利はありえない。

なれど、その仕組みの大半は理解していた。

ファルと天狐《てんこ》の戦いがそれを俺に教えてくれた。

勝とう。

これは前座だ。さっさと終わらせてファルを救ってみせる。

第十六話：ファルシータ・フォセット

〜ファル視点〜


「ルシエちゃん、やっぱり私の兄さんはすごいです」

「やー♪　いい男なの」

ルシエとファルはユウマの戦いを見ていた。

ユウマはどうやら、魔族の血に宿る力を自分以上に引き出すことで自分に近い魔力を確保しているらしい。

それだけなら驚きはしない。

「私との模擬戦、ぜんぜん本気じゃなかったんですね」

「あんな技量の魔術士、五千年生きてきた天狐《てんこ》も初めて見たの」

どういう理屈か、常に本物の身体能力強化魔術を使っている。

【瞬閃】の存在は知っていた。だが、あれは武道の応用で、武術の型と同時に複雑な魔術を行うことを何千、何万と繰り返して反射レベルに落とし込むだけに過ぎない。

自分にだってできる。でも、あれはそんなレベルじゃない。

だって、型は攻撃と防御がそれぞれ十にも満たないはずだ。あんなふうには戦えない。

「なんて、威力なんですか」

「それでいて魔力もほとんど消費してないの……ありえない」

なぜか石が光に変わってとんでもない破壊力で山一つを吹き飛ばした。石を投げたとかじゃなくて、石そのものが光になった。魔術を使っているところは見えても、そのコードが複雑な上に、三つの並列思考の分散詠唱なんて真似《まね》、想像もしていなかったしできる気がしない。

一つの魔術を分割して同時詠唱なんて、目の前で見ても夢物語としか思えない。

今度は瞬間移動までしてみせた。もう、何がなんだかわからない。

「ああ、私、どれだけ兄さんに手加減されてきたんだろう」

あれこそがユウマの技量。

あれこそがユウマの魔術。

あれこそがユウマの戦略。

いつでも勝てたなんて、兄を超えたなんて、どれだけ無知で、どれだけ恥知らずで、どれだけ愚かなことを口走ったのか。

死にたい。

でも、目を離せない。

技の極致、極まったそれはあまりにも美しくて、それはどんな芸術にも勝る。

例えるなら神話。

胸に宿るのは憧れだ。

できるなら、世界中の人に、あんなに私の兄さんはすごいんだって叫びたい。

「いい男だって言ったの、強いだけじゃないの。器がおっきーの」

「……私のこと怒るどころか心配してくれてました」

「やー、ルシエも、『ファルは俺のことをまだ好きみたいだ。それがわかればいい。後のことは些細《ささい》なことだ』なんて言われてみたいの」

「もう、からかわないでください」

「割と本心。ルシエの前世、ファルは知ってるでしょ？　ファルと同じ状況、男を想《おも》っての行動、負い目を感じてほしくなくて秘密にして、がんばって。その結末は裏切ったって思われて……それで一人で死んだ」

召喚獣の記憶は術者の夢として現れることが多い。

強い想いほど漏れ出てしまう。

ファルはルシエの過去を、愛する人のために生きて、勘違いされて、裏切られ死んだことを知っている。

「ユウマぐらい器が広かったら、ああはならなかったの。きっと信じてくれたの。羨《うらや》ましいの」

「ねえ、ルシエちゃん。その喋《しゃべ》り方と姿、いつまでやるつもりですか」

「やー、ずっとなの」

天狐《てんこ》は自在に姿を変える。

死んで、何千年経《た》とうと、子供の姿、子供の仕草をするのは二度と恋をしないためだ。

ファルは知っている。天狐本来の話し方や仕草、容姿はもっと大人びて、傾国の美女にふさわしいものであることを。

あえて子供として振る舞うことで、恋とは遠い場所に己の身を置くと彼女は決めた。

「そうですか。悲しいです」

「んー、もうこっちのが長くて慣れちゃったの。しゃーないの。それより、戦いに注目するの」

「……兄さん、私たちが全部費やして倒した魔族、もう四回も殺してる。なのに、致命傷なのに、相手は再生してる」

「再生しているだけじゃない。最初は竜だけだったのに、金虎《きんこ》、鉄亀《てっき》、朱雀《すざく》、いろいろ混ざりまくって、どんどん強くなってる」

「でも、兄さんはそれでも殺し続けてます」

「無駄に倒しているわけじゃないの。ユウマは、あれの能力を見抜いてる。たぶん、ルシエたちとの戦いを見ただけで……でも、武器が悪い。あと一歩届かずに再生されてる」

「ですね。私もついさっき、やっと能力がわかりました。それに、ルシエちゃんが武器が悪いって言った意味も」

最新式のユウマお手製である剣と杖《つえ》、両方の機能を持たせた武器。

性能はおおよそ人の手で作られたものとしては最強。

だけど、あれを相手にするのなら神域の武器がいる。

そういう特性が必要だ。性能がいいだけじゃ駄目なのだ。

「ルシエちゃんならできますよね？」

「実体化ができれば、【変化】でそういう武器になれる。でも、もう空っぽなの」

ファルの顔が青くなる。

もし、自分が一人で戦うことを選ばなければ、魔力を温存していれば、ユウマに必要な武器を届けられたのに。

「あっ、剣にひびがはいった。もうすぐ壊れる……あれじゃ、勝てても殺しきれないの……でも、ユウマには天使がいるの。天使の力を使えば、勝てる」

「そんなことしたら、イノリさんの残り時間が」

「ファルにとっては好都合なの。あの女が早く消えるのはいいこと。放っておくといいの。魔族が倒されて、あの女がさっさと消えるなんて万々歳」

イノリの、天使の秘密を見抜いたのはユウマだけじゃない。

ルシエもまた、そういったものを見てきた経験から、そう長く天使がこの世界に存在できないことを知り、ファルに伝えていた。

イノリを世界に存続させるために、ユウマが駆け回っていることにファルは気付いている。

イノリが来てからずっと、今まで自分に向けていた想《おも》いがイノリに向けられた。想いだけじゃない、時間も。

嫉妬している。いなくなれってずっと思ってる。

「だいたい、ファルはかまってほしくて、ユウマのためにって言い訳して、裏切るように見せた。本当は気付いてた。初めから全部打ち明ければ、ユウマなら解決してくれるって。それだけの能力があるって誰より信じているのはファルなの」

それもそうだ。

ファルには、ユウマのためにフォセット子爵の下に戻らないといけない事情があった。

だけど、それ以上に、あの日、引き止めてくれなかったことが。行くなじゃなくて、自分の意志で決めろと言われたことが、悲しくて悔しくて、最後の決断をした。

「それは」

「ファルの気持ちを代弁してやるの。気を引きたかった、心配してほしかった、一瞬だけでもいい、あの天使より自分を見てほしかった、ユウマの時間を使ってほしかった。だから、わざと悪手を選んだ。誰よりも頭がいいファルが」

言い返せない。

言い訳はいくらでもある。

だって、その建前で自分すら騙《だま》して選んだ道だ。

でも、ルシエだけは騙せない。

同じ道を通って、悲劇をたどったルシエには。

「……そうですね。私はユウマ兄さんにかまってほしくて、ユウマ兄さんのためだって自分を納得させて、バカな選択をしました」

「じゃあ、なおさら放っておくべきなの。あっ、ヒビが大きくなったの。きっと、あれが折れた瞬間、天使の力を使うの」

イノリの宝石、その数は残り少ない。

ルシエの話では、もう一年もたない。その状況から更に一つ減ればどうなるか。

また、日常が戻ってくる。兄さんの一番になれる。

何もしなくていい、ただ放っておけばいい。

いや、もう自分には何もできないじゃないか。外法《げほう》の反動で魔力もろくに使えない。ルシエに溜《た》め込《こ》んだ魔力も消費し尽くした。

言い訳の材料はこんなにもあるし、何もしなくても仕方がなかったって兄さんは許してくれる。

「ルシエちゃんが私の呼びかけに応えたのは偶然じゃないですよね」

「やー、見合う器と魔力があったから。っていうのは建前。ルシエが召喚に応えるのは、自分と似たような悲恋を突き進む誰かに宿って、違う結末を見るため。……ルシエと同じように、片思いをして、尽くして、そのくせ諦めきれない、そんな矛盾だらけの子を選んだ」

「ルシエちゃんが見たいのはどんな結末ですか？」

この答えですべてが決まる。

望んだ答えでなければ、たぶん本当にもう何もできない。

これはある種の賭けだ。

彼女の答え次第で、何もしないか、立ち上がるかが決まる。

「ハッピーエンド。もう悲劇はお腹《なか》いっぱいなの」

ファルは笑う。

願いは通じた。

「なら、力を貸してください。一つになりましょう……私は魔力回路が傷んでるだけで、体内に魔力はある。一つになって、魔力回路を直した状態に変化すれば、まだ魔力を使える」

「その後は、あの魔族を殺せる武器になるつもりなの？」

「はい、兄さんの力になります」

剣になって戦う。なんて素晴らしい。誰よりも近い位置で、誰よりも兄さんの力になれる。

「本当にいいの？」

「はい、イノリさんには消えてほしいです。でも、兄さんの悲しい顔を見るのは嫌なんです。だから、正々堂々、まずは妹兼愛人になって、そこからどんどん寝取っていく感じにします」

「面倒な女なの」

「それが、最高のハッピーエンドです。ルシエちゃんが見たいのは、それでしょ？　ここで何もしなかったら、たどり着けません」

「そうかも、ううん、そう。ファル、あの天使が消えたら、自分のせいで兄さんが悲しんだって、うじうじしちゃうのが目に見えてるの。そんなのハッピーじゃないの」

「私のせいでイノリさんが消えたことにじゃないんですか？」

「えっ、そっちはまったく、これっぽちも、いっさい気にしないはずなの」

「正解です」

自分という人間はそうだ。

そして、ルシエも似たようなもの。

似た者同士だから、こうして不思議な縁で繋《つな》がれた。

そして、同じ想《おも》いを、ハッピーエンドを見たいと望むのなら、きっと。

想いを重ねて一つになれる。

「胸の奥が熱いです」

「うん、ルシエの心臓がファルの心臓になったみたい」

「兄さんの言っていたとおりです。私たち、最高のパートナーですね」

「うむ、くるしゅーないの。ルシエと一つになる権利を与えるの！」

二人の存在が重なって溶け合っていく。

そして、一人になった。

ファルの纏《まと》う衣装が、ところどころに金の刺繍《ししゅう》が刻まれた朱色のドレスに変わり、キツネ耳とキツネ尻尾が生える。

「力が溢《あふ》れてきます」

『時間がないから、さっさと変化をするの』

使い方はわかる。

まるで息をするように力を使える。そう、今の自分はそういう生き物だ。

『あと、念のため言っておくけど、変化はなりたい力に、なりたい存在になる力。自分に嘘《うそ》をつけば、見た目は取り繕えても中身はカスみたいになるの。本当に、力を貸したい？』

「愚問です。今すぐに兄さんの力になりたい」

『じゃあ、イメージして。なりたい存在に』

ファルは祈る。

兄さんがもっとも使いやすい形に。

兄さんが満足するだけのスペックに。

兄さんが今望む機能を持たせて。
兄さんに、手放したくない、そう想《おも》ってもらえるように。
それこそが私の理想《ねがい》。
体が解けて、光の粒子に変わっていく。
そして、天に昇り、剣となった。
兄さんのもとへ飛んでいく。
兄さんの剣が折れた。
唇を噛《か》み締めて血が滴り落ちる。
着地。
兄さんが私を見て、驚いた顔をして、私を握り引き抜いた。
「遠慮はしない、使うぞファル」
兄さんの体温が伝わってくる。体温だけじゃない、魔力も鼓動も想いも。
うれしい。感情が抑えきれない。
兄さんが私を振るう。
その度に竜人魔族を切り裂く。
本気の兄さんが私に刻まれていく。

ここは素晴らしい、誰より兄さんの近くで、誰より兄さんが理解できる。

五回目の魔族の死。

都合、四回ここまで来た。

兄さんですらそこから先へは行けなかった。

だけど今なら、私と一緒ならいける。

不死のカラクリについて、兄さんの思念が流れこんでくる。

それは粒子化と再構成。

私やルシエちゃんの変化と一緒だ。

壊れた端から光の粒子に体を変えてコアを中心に再構成。足りない分は周囲の物質を取り込む。

それが第一の能力。

第二の能力は粒子化して取り込んだ生物の特徴を得ること。

竜人の姿は、無数に取り込んだ生物の中からもっとも性能が高いのを選んだだけのこと。

その後、それでは勝てないと過去に取り込んだ粒子を表面化させながらどんどん強さを増していった。

（弱点はただ一つ）

粒子の中にあるコアを破壊すること。

それが難しい、粒子をまず捉えられない。捉えられたとしても守りを撃ち抜かないといけない。

私とルシエちゃんは大部分の粒子を焼却した。でも、粒子の死骸がコアを守って、消滅させられなかった。そしておそらくは霊的性質を持つ。

兄さんがその性質に気付いたのは、私の弾丸をまったく恐れないくせに、ルシエちゃんの炎を恐れた素振りを見せたからだ。

物理攻撃なら透過する。ルシエちゃんの炎は概念攻撃だからこそ恐れた。

だからこそ、私は魂を切れる剣へとその身を変えた。

(今の私は魂の剣)

兄さんが何度か試して失敗したように、物理の剣に霊的作用を付加する、そんな玩具《おもちゃ》とは比べ物にならない対霊的性能。

(兄さんはすごいな)

兄さんはたった一回で能力を見抜いたけど、私とルシエちゃんがそう気付いたのは兄さんが四回目に殺したときだった。

それが私と兄さんの差。その距離の遠さがくやしくて誇らしくて愛《いと》おしい。

兄さんの魔術が邪魔な肉体を剥《は》がした。

もう竜人魔族とは呼べなくなった奇形の魔族、そのコアが露出する。

そして、私《ぶき》にありったけの力と破邪の力を乗せての刺突。

ここまで兄さんは何度も来た。そして、失敗した。

でも、今の私なら、兄さんが求めるだけの性能となった私を使えば殺しきれる。

兄さんの魔力だけじゃなく、すべてを燃やす概念の朱金炎が吹き荒れる。

その力が、私と兄さんの力がついにコアを貫いて。

魔族が消えていった。

「ありがとなファル、今日だけじゃない。いつも一緒にいてくれて。やっぱり、俺はファルがいないと駄目みたいだ」

（んんんんんんんんんんんんんんんんん）

きっと、肉体があれば絶叫してただろう。濡《ぬ》れていたかもしれない。

今回はいろいろあった、後悔もいろいろした。

だけど、それでも、この一言を聞けた。

それだけで、全部どうでも良くなった。

エピローグ：これからのこと

　あれからが大変だった。

　ファルとルシエのコンビは俺がそうであったように一つになった反動で完全にダウンしている。

　姉《ねえ》さんは大丈夫だったが、召喚獣側にもダメージがあるようで、ルシエはファルの中に引きこもっている。

　なんでも、三日は起こさないでほしいといっているらしい。

「こうしておんぶされるのって久しぶりです。兄さんの背中、おっきいです」

「そうだな。大きくなった。昔は、ことあるごとに倒れてこうしてた。まさか、またおんぶをすることになるとは」

「もう、子供扱いはしないでください。私だって成長しているんですから」

「それはわかってる……なにせ、放っておいたらすぐに男が迫ってくる。全く気が気じゃないよ」

　ファルはもてすぎる。

　公爵家のオスカに見初められたと思ったら、次はレキニア侯爵。

日頃から受けるナンパは数知れず。

学園内にはファンクラブまである始末だ。

「気にしてくれてたんですか」

「それはな……可愛《かわい》い妹を心配するのは兄として当然だろう」

「ふふっ、うれしいです。それと、そういう心配はお互い様です。兄さんだって、すっごくもててて、妹としては心配の毎日なんですから」

「そういうのファルは気にするのか？」

「すごく気にします！」

妹というのは年頃になると兄を鬱陶しく思い距離を取るらしいが、ファルの場合は違うようだ。

「そっ、そうか」

「あまり心配をかけないでください。兄さんは女の子に優しくしすぎです」

「普通に接しているつもりなんだが……」

異性に好かれるための行動なんて取った記憶はない。

ただ、この話が地雷なのはわかる。

早急に話題を変えて逃げよう。

「そもそも、どうしてフォセット子爵家に帰ったんだ」

「……脅されたんです」

「脅された？」

「はい、兄さんが提案してくれたように、フォセット家に戻ってほしいなら、婚約を断って言ったら豹変《ひょうへん》して、怒鳴り散らして……それから、脅されました」

「どんな内容だ」

「兄さんの悪事をバラすって……その、研究所で人体実験をしていたとか、その研究所で子供が何人も死んでるとか、英雄フライハルト侯爵を殺したのは兄さんだとか、いろんな悪事をばらすって」

「俺のため、だったのか」

完全に事実ではないが概《おおむ》ね正しい。

俺はレオニール伯爵の実験台であり、ある時を境に彼の共同研究者となった。

子供を使った人体実験をしているのは事実。過去に何人も死んでいるのも事実。

ただ、俺が手伝うようになってから誰一人実験で死者は出ていない。

英雄フライハルト侯爵の件については、紛れもない真実。ただし、彼が魔族に堕《お》ちているという前提が抜けている。

これらは、俺を破滅させるに足る情報であり、意図的に歪《ゆが》められている。

「俺のために婚約したのか」

「……それは半分正解で、半分嘘《うそ》です。えっと、私、婚約は死んでも嫌だったんです。それで、その、暴れて、最終的に、魔族をフォセット子爵家の娘として倒せば許してもらえることになりました。私、魔族を倒して、それから兄さんのところに戻るつもりだったんです。だから、絶対に負けられないって、気合が空回りして、変なこと言っちゃいました」

フォセット子爵とレキニア侯爵は、そこで妥協したのか。彼らにとって、グスターギュ公爵を失脚させることが何より重要。

そして、それをやらせた後に改めてファルを脅すことを考えていたはずだ。

悪人の約束、それも相手が一方的に有利。約束など守られるはずがない。

「悪かったな……悩ませたし、苦しませた。辛《つら》かっただろう。自分が情けない」

「そんなことないです。私が一人で突っ走って、結局駄目で、兄さんが倒してくれました」

「一人じゃない。今回はファルがいなければやばかった」

正直、焦った。

ファルが戦っているところを見て、コアの存在は見抜いたし、霊的存在であり、相応の術式を使わねば干渉できないということはわかっていた。

だが、想定より数段硬かった。硬い霊体なんてふざけた存在は初見であり、予測しておらず半ば手詰まりに陥り、姉《ねえ》さんの力を使う寸前だった。

「なら、良かったです」

「良かったのか？」

「はいっ、だって、兄さんが私を必要だって思ってくれましたから」

「それなら、いつも思ってるさ」

ファルがぎゅーっとくっついてくる。

いろいろと柔らかかったりいい匂いだったりでくらくらする。子供じゃない、そのことを思い知らされる。

駄目だ、相手は妹だ。

「えへへ、うれしいです。まったく、兄さんは素直じゃないんですから。あのとき、必要だって、行かないでくれって、どうして言ってくれなかったんですか？　すごく寂しくて悲しかったです。私って、いらないんだって思えて」

「……それか。行くなって言いたくて、でも言えなかったんだ」

「どうしてですか？」

「俺はさ、ファルと違って、両親のこと何一つ覚えてない。だからさ、親が恋しいって、大事だって、そういう感覚まったくないんだ。俺が思ってるより血の縁ってのはずっと強いかもしれない。俺のわがままで引き止めるのが忍びなくて、そしたらファルが幸せになれるほうを選べとしか、言えなくなった。そう言いつつ、ファルが俺を選んでくれるって信じたかった」

都合のいい話だ。

ファルにとっては拒絶されたにも等しく、それでも選んでくれたなんて。

あのとき、想《おも》いを伝えられなかったのがすれ違いの始まり。

「そっ、そうだったんですね。私に選んでほしかったなんて。今回は、二人で勘違いばっかりでしたね」

「そうだな、お互いがお互いを想って、これだけすれ違えるのはなかなかない」

俺もファルを相手のことを想って、いろいろと気遣って、それが原因でどこまでもすれ違っていった。

今だから笑えるけど、何か一つ間違っていたら、俺たちは離れ離れになっていた。

こんな想いはもう二度としたくない。

「次からは、もっとちゃんと話します。恥ずかしいし、ちょっと怖いけど、兄さんとすれ違うほうがもっと怖いです」

「……その第一歩で、ずっとずっと聞きたくて、聞けなかったこと、聞いていいですか？」

「ああ、もちろんだ」

「あの、イノリさんと再会できたのに、私ってまだ必要ですか？　兄さんは、そのために私を妹にしたんじゃないんですか？」

なぜ、それを。

俺は、初めてファルと会ったとき、その莫大《ばくだい》な魔力に惹《ひ》かれた。

大規模な儀式魔術を使うには、そういう才能が必要で、姉《ねえ》さんと再会するために、そういった物が必要になるかもしれない。

そう考えたからこそ、手駒としてファルを欲しがった。

「それを口にしたことはなかったはずだ」

「初めて会ったときから気付いてました。私、人の顔色を見て、怯《おび》えながら生きてきたから、そういうの敏感なんです。ずっと私越しに誰かを見てる気がして……イノリさんを召喚したとき、納得したんです。ああ、この人を私越しに見てたんだって。私、そのときからずっと、自分がもういらなくなったんじゃないかって不安でした」

見抜かれていたとは思わなかった。

「俺もそう思う」

そして、それでファルを、妹を苦しめていたなんて。

俺は大馬鹿だ。

恥ずかしいが、想《おも》いを素直に伝えると約束したんだ。

俺の本心を伝えよう。

「始まりはそうだった。姉さんと会うための駒だって思ってた。だけど、すぐにファルが好きになった。姉さんと再会できても、ファルを好きだって気持ちは変わらない。それが嘘《うそ》じゃないってことは、俺との日々を思い出してくれ」

ファルへの愛は行動で伝えてきた。

一緒に暮らすなかで、ファルの魅力に気付いて、愛《いと》おしくなって、彼女を手中に収めるための家族ごっこは本物になった。

「ああ、なんだ。不安になることなんてなかったです。そうですね。兄さんはたくさん愛してくれてました。言葉でくれなくても、たくさんの愛を行動で示してくれました。兄さんは私にラブラブだったんですね」

「妹想いと言ってくれ」

「嫌です」

背中で妹がはしゃいでいる。

さっき、もう大人と言ったのは取り下げよう。ファルはまだまだ子供だ。

これからも兄としてしっかりと面倒を見ないといけない。

「あの、それはそうと、兄さん、あの人の件はどうします？」

俺の悪評の件。

それはもう対処方法が決まっている。

「今回の件でいろいろと作った貸しを早速返してもらうとしよう」

脳裏に浮かぶのは二人の人物。

俺の名誉を守るため……というより、ファルのために貸しを使う。

もったいないなんて思わない。

理想的な使い方だ。

◇

馬車に揺られていた。

行き先はフォセット子爵の屋敷であり、同乗者は俺とファル以外に二人。

本来、俺が口を利くのもはばかられるようなお二方とその護衛だ。

その二人が並んで俺のほうを見ていた。

「あの、ユウマ様、いきなり借りを返せとは何事ですの？」

「この前も言ったように、俺は忙しいのだが」

その二人とはリファナ姫とグスターギュ公爵。

「よくも二人して嵌《は》めたな。最初から繋《つな》がっているとわかれば、もっと楽ができたというのに。見事に手のひらで踊らされたよ」

「知らないで動いていただいたほうが周りを騙《だま》せますもの。だからこそ不意打ちになるのですわ」

「うむ、そもそも君に勘付かれたのは計算外だったのだよ。焦らされたのは我々も同じだ。いろいろとお膳立てをしていたのに、斜め上の方向にぶっとんだ行動をしてことごとく台無しにされた……朝一で我が騎士団を十対一で叩《たた》き潰《つぶ》してからやってきて、騎士団を無能だと吐き捨てるなど想像できるものか」

「あら、なにそれ面白そうですの。もっと詳しく」

仲良さそうに、二人が談笑している。

王家と裏切り貴族の二人がだ。公式には犬猿の仲だというのに。

俺の読み通り、リファナ姫とグスターギュ公爵はグルであり、俺という駒を使うことで軍が関わらない形で今回の危機を乗り越えようとした。

なんでも、この街に足止めされることになった土砂崩れまで、リファナ姫の仕込みらしい。

この姫がいる限り、ある意味王都は安泰だ。

「余計な苦労をさせられたお詫びに付き合ってもらう。大事な妹を取り戻すために」

「しょうがないですの」

「俺にも良心というものがあるのだよ」

最強の助っ人を引き連れての交渉。

きっとやつは度肝を抜かれるだろう。

◇

フォセット子爵家に入るなり、大騒ぎになっている。

姫と公爵が子爵ごときの屋敷を訪れるなんて前代未聞だ。

出迎えたフォセット子爵はそれはもう大慌てだ。顔を真っ青にしている。

アポは俺の名前で取っていた。

ファルではなく、俺が魔族を倒したことを伝えてあった。

アポを受け入れたのは、せめてもの腹いせに俺を脅すつもりだったのだろう。

こんなＶＩＰを呼ぶなど想像もしていなかったはずだ。

真っ青な顔のまま、なんとか彼は口を開いた。

「こっ、これは、リファナ姫も、グスターギュ公爵もご機嫌麗しく」

「ご機嫌麗しい？　御冗談を。私、けっこう不快ですのよ。婚約者を脅されて……それは王家に喧嘩《けんか》を売ることと同義。あなたって見かけによらず、なかなか豪気ですのね」

「同じく、俺も不快だねぇ。彼は俺の騎士なのだよ。つまり、俺が喧嘩を売られているのと同じ。それも、俺の足元たるタラリスで。ははは、笑えないなぁ」

弱い者いじめですらない、格が違いすぎる。

「ひっ、でっ、ですが、あっ、あれは事実で」

「嘘《うそ》が混ざっていますけどね。嘘の混ぜ方が気に入りませんわね。フライハルト侯爵の死、その真相を隠したのは王家の指示ですのよ？　それを利用するなんて。あなたのせいで真相が世に出たら、私、あなたを処刑しなければならなくなりますわ」

「レオニール伯爵絡みもまずいなぁ。あれの研究によって救われた者は多く、卒業生は尋常ならざる成果を出し続けている。ならばこそ、犠牲があっても俺らは認可してきたわけだ。貴族社会は恩を重んじる。この意味はわかるかね？」

もはや、フォセット子爵は奥歯をガチガチと言わせるだけで、言葉を発することもできない。

ただ、それでも最後の一線で踏ん張っているのは、どっちみちここで引けば破滅だからだ。

「あっ、うっ、うるさい、金、そうだ、金を出せ、金を出せば、黙っていてやる」

小物なりの最後の意地。

リファナ姫が何かを言おうとして、それを手で制する。

この二人を呼んだのは、彼を追い込むため。

そこから先は俺の仕事だ。

「いくらだ？　いくらほしい」

「あ、うっ、これだけっ、そうこれだけだ！」

机に金額が書かれた紙が叩《たた》きつけられる。

それは、フォセット子爵家の負債。それがなければ破滅する金額。

なんだ、それだけで良かったのか。

その三倍は想定していたのだが……。まあ、いいか。

指を鳴らすと、ファルが金貨の入った大袋を机に叩きつけた。

硬貨がぶつかり合う音が響き、緩い口から金色の光が漏れる。

「ひっ、金、金ぇ、金ええ」

中身を開いて、フォセット子爵は金貨を手で掬《すく》う。

我が国では紙幣が近年流通し始めており、紙幣と金貨、両方を併用している。

そんななか、あえて嵩張《かさば》り、重い金貨を使ったのはインパクトを生むため。

金の輝きと重量感は心を殴れる。

「三つ、条件を飲めばくれてやる。一つ、おまえに俺の情報を売った奴《やつ》について余さず教えろ。二つ、俺の情報を流すな。三つ、ファルに二度と関わらないと誓え、話しかけることも、連絡を取ることも禁じる……破れば、そのときは」

リファナ姫とグスタギュ公爵がフォセット子爵を睨《にら》みつける。

身を震わせながら、それでもフォセット子爵は金を誰にも渡さないとかばうようにしていた。

「いっ、良《い》いだろう、へへ、これで、これで、この金は俺のものだ、へへへ。も、もう、いいだろう。帰れっ、帰れっ、帰れええええええええ！」

哄笑《こうしょう》し、帰れと連呼する。

彼はおそらく壊れている。

この金で一時は立て直せるだろうが、すぐにまた破滅への道を歩き出すだろう。

俺がこの金をくれてやったのはファルを生んでくれたことに対する感謝。

だから、これだけ甘い対応をした。

だけど、次はない。道を踏み外して約束を破ったとき、彼を終わらせるように仕込みをしている。

ファルと無関係なら好きに生きるがいい、だが、二度とファルを悲しませることは許さない。

◇

俺とファルは二人きりで夜の公園にいた。

ファルがそれを望んだからだ。

「あのお金ってどうやって用意したんですか？」

「いろいろとバイトをしているんだよ」

「それは知っていましたけど、あんなお金をぽんって」

「大したことじゃない」

魔術には金がかかる。

だからこそ、何年も前から金を稼ぎ出す仕組みを作っていた。前世の知識があればさほど難しくない。

いくつかの商会と契約をし、発明品の設計図を渡す代わりにインセンティブをもらっている。そのおかげで恒常的な収入があった。

一番売れているのは大気のマナを吸い上げて、装置の寿命である二十年ほどは輝き続ける魔道具。

この国のランプの六割ほどはそれに置き換わっており、その売上の5%をもらう契約のおかげで、それなりには金持ちだ。

「ごめんなさい、私のせいで」

「いや、謝るのは俺だ。ファルを金で買ったようなものだ……ファルが傷つくことがわかっていてやった」

ファルにとって、親に売られるのは二度目。

過去のトラウマをほじくり返すような、そういう真似《まね》を俺はした。

実際、あのときにファルは悲しんだ。

「理由を聞いてもいいですか？」

「あのクズはファルが売ったときから何も変わってないとファルに教えたかった」

そして、あれはあの父親に情が残っているかの確認でもあった。

ファルはもう二度と、あの父親を信じないだろう。

「……十分理解しました。おかげで、辛《つら》いです。ぜんぜん愛されてないって、わかっちゃったじゃないですか」

泣き顔、最近、そんな顔をさせてばかりだ。

そんなファルを俺は抱き寄せる。

「俺はファルの家族を奪った。その責任はとる。あいつ以上に、いや、ファルが思い描く理想の家族以上に俺が愛してやる」

「それは、義務感からですか？」

抱き寄せたファルが、不安と期待が入り混じった声で問いかけてくる。

あの日、俺は選択肢を間違えた。

ファルのことを想《おも》って言葉を作った。

だから、今度はそうしない。

俺の心に正直に、思ったままを口にする。

「俺がファルとずっと一緒にいたいからだ」

それが俺の本心。

だからこそ、俺はファルとあいつを引き離した。

「すごくうれしいです。私も、ずっと兄さんと一緒にいたい。それに、兄さんに買われちゃいましたからね。もう、私は兄さんの所有物で、離れられません」

「……人聞きの悪いことを言わないでくれ」

「でも、事実です。私はもう兄さんのものです。返品なんて許しませんから」

抱きしめているファルが、自分からも手を伸ばして抱きしめてきて、より体が密着する。

おんぶしたときもそうだが、こういうのは困る。

ファルは俺の可愛《かわい》い妹なのに。どうしても女性として意識してしまう。

ファルはただでさえ魅力的なのに。こんなふうにされたら無理だ。

そういうふうに見てしまっていることをファルだけには知られたくない。

「その、兄さん、いいですよ？」

いたずらっぽい声でファルが問いかけてくる。

「何がだ？」

「わかっているくせに……兄さんは臆病です」

ファルが離れた。

そして、手を差し出してきて、俺はその手を握った。

「もう、離さないでくださいね」

「頼まれたって離してやらない」

「ふふっ、お嫁に行けなくて困っちゃいます。責任とってくださいね」

懐かしいな、その冗談。

昔、そういう約束をした。

だから、そのときと同じ返事をしよう。

「仕方ない。責任をとってやる」

俺もたいがいシスコンだ。

でも、それを認めよう。

ファルのため、そんな綺麗事《きれいごと》で彼女を失うより、シスコンと認めてずっと一緒にいるほうがいい。

それこそが俺の求めるファルとの未来だから。

もう、俺にとって世界は俺と姉《ねえ》さんだけのものじゃない。

可愛《かわい》い妹がいなければ、完璧じゃないのだ。

あとがき

『英雄教室の超越魔術士2』を読んでいただき、ありがとうございました。
著者の『月夜《つきよ》 涙《るい》』です。

二巻ではファルにスポットが当たります！　彼女の強さ、弱さ、可愛《かわい》さ、全部を思いっきり引き出しているのでお楽しみに。
お姉ちゃんも随所随所で、存在感を出しているので、お姉ちゃん好きの方も安心してください。

謝辞
あゆま紗由《さゆ》先生、二巻も素敵なイラストをありがとうございます！
ＭＦ文庫Ｊ編集部と関係者の皆様。デザインを担当して頂いたムシカゴグラフィクス様、ここまで読んでくださった読者様にたくさんの感謝を！　ありがとうございました。